www.tredition.de

AF197500

Hildegard Kiunke

Der Fischdosenjunge

www.tredition.de

© 2018 Hildegard Kiunke

Cover: Nach einer Idee von Ingelore Loock

Verlag und Druck: tredition GmbH, Hamburg

ISBN
Paperback: 978-3-7469-8990-7
Hardcover: 978-3-7469-8991-4
e-Book: 978-3-7469-8992-1

Allen Kindern dieser Welt

Inhalt

Vorwort

Ein Fischdosenjunge

Aus der Fischdose ins Leben hineingeliebt.

Wie lebt es sich als solcher?

Vier Fastmütter, keinen Vater.

Teilen Sie dieses Leben mit Kevin.

Machen sie seine Fragen zu ihren Fragen.

Finden Sie Antworten sich selbst und der Gesellschaft.

Wenn es diesem Buch gelingt, Fragen und Antworten

herauszufordern, hat es seinen Sinn erfüllt

Die Vorgeschichte

Er war nicht zu übersehen, der kleine Thiel-Möller mit den sorgfältig gescheitelten braunen Haaren und genauso sorgfältiger Kleidung. Kamen die anderen Kinder fast alle in Jeans und irgendwelchen grau-rot gemusterten Pullis in den Frühlingskindergarten, hatte Thiel-Möller immer irgendwie ins Braune tendierende Klamotten an, zu seinen braunen Haaren passend. Hätte man gefragt, was das für ein gepflegtes Kind ist, könnte die Antwort gewesen sein: ein Kindermodel für den Otto-Katalog. Wie seine Kleidung und sein Haar, schien auch er selbst durch und durch in Ordnung zu sein oder doch nicht so ganz. Konnten im Kindergarten die Jungens mit ihm nichts anfangen, ging er in die Mädchengruppe und interessierte sich immer ganz besonders für die Vaterfiguren, ob bei den Playmobilfiguren oder in anderen Spielsituationen. Es konnte sein, dass er mitten in ein Spiel hinein fragte, „hast du einen Vater?" Er merkte wohl, dass Erwachsene, wenn sie ihre Kinder brachten oder abholten, sich über ihn unterhielten, mit der Hand auf ihn zeigten und einmal hörte er, dass eine zur anderen sagte "Das da, das ist er." Als er zu Hause bei Petra und Marlis, seinen Fastmüttern, nachfragte, was an ihm sei, dass sich andere über ihn unterhalten, bekam er eine sehr einfache Antwort, die ihm schnell einleuchtete und auch schmeckte, nämlich die: „Du bist eben ein ganz besonders hübscher Junge und siehst gepflegter aus als alle anderen."

Ja, Kevin schmeckte diese Erklärung, aber Marlis, die vor einigen Tagen mit ihm auf einem Spielplatz gewesen war, machte sich doch Gedanken darüber, wie es weiter gehen sollte. Auf dem Spielplatz hatte Kevin einfach zu einer jungen Frau, die auf dem Rand des Sandkastens saß, Mama gesagt und die hatte geantwortet: „ich bin doch nicht deine Mama!!" Zum Glück hatte Kevin nicht weiter gefragt, wo denn seine Mama sei. Er hat auch nichts dazu gesagt, als er einen Vater angesprochen hat und der ihm antwortete: „Das hättest Du wohl gern!" mit einem Blick zu ihr herüber, den sie noch viele Tage danach spürte. Kevin hat einfach weitergespielt, weil er wohl gar nicht verstanden hatte, was der angesprochene Vater meinte.

Als Petra und Marlis sich zum Schlussgespräch mit der Kindergartenleiterin unterhielten, kam die Sprache natürlich auch auf diese Situation. Beide entschieden aber, dass eine Aufklärung zum jetzigen Zeitpunkt für Kevin noch viel zu früh sei, obwohl sie sich in dieser Meinung nicht einig waren. Dennoch, sie schoben die Aufklärung vor sich her, weil sie nicht wussten, wie sie vorgehen wollten.

Kevin hat einen neuen Freund.

Die Kindergartenzeit ging dem Ende entgegen und auf einem Nachhauseweg lernte er Christoph kennen. Sie waren gleich groß, obgleich Christoph mehr als ein Jahr älter war als Kevin. Gleich am ersten Ferientag haben sie sich am Nachmittag getroffen. Eigentlich ging Kevin am Nachmittag immer zu einer Tante, die war Witwe und hatte an diesem hübschen, wohlerzogenen Jungen ihre Freude. Sie tat alles, um es diesem Jungen schön zu machen. Sie gingen in den Wald, beobachteten die Tiere und Vögel. Kevin wusste die Namen von allen Tieren, Bäumen und Pflanzen. Oft kehrten sie gemeinsam in ein Café ein und je nach Jahreszeit gab es Eis oder ein Glas Schokolade.

Nun aber traf er sich mit einem Jungen seines Alters, mit dem er sich auf den letzten gemeinsamen Heimwegen vom Kindergarten angefreundet hatte und das wurde aufregend. Als sich herausstellte, dass Kevin weder ein Fahrrad hatte noch, dass er Rad fahren konnte, wusste der Freund Rat. Sie gingen auf einen Platz in der Nähe, auf dem kaum mal eine Menschenseele anzutreffen war. Der Platz wies eine geeignete Länge auf und also begannen die Fahr-Übungsstunden mit dem Rad. Zuerst mal das Aufsteigen, um in Gang zu kommen und das Gleichgewicht zu halten. Ein paar Beulen gab es natürlich, aber keine schlimmen. Schon nach einer kleinen Stunde konnte Kevin ganz gut fahren. Das war ein Heidenspaß für beide und Kevin fragte gleich, ob an dieser Sache denn auch alles in Ordnung sei für die Umwelt. Weil es nicht gut für die Umwelt ist, haben wir nämlich kein Auto, sagen Petra und Marlis. „Aha, und dein Vater, was sagt der dazu?" - „Das weiß ich nicht." - „Na egal, mit dem Fahrrad richtest du keinen Schaden an und wir fahren jetzt beide mit dem Fahrrad zu mir, das ist ein Weg, auf dem kein Auto fährt." Also fuhren sie nach der „Bäumchen wechsle dich Manier" los. Zuerst fuhr Christoph bis zum großen Telegrafenmasten und ließ das Fahrrad dort stehen. Jetzt war Kevin an der Reihe und fuhr bis zum verabredeten Punkt. Das letzte Stück gingen sie gemeinsam zu Fuß. Sie redeten noch eine Weile mit Christophs Eltern und Birgit, seiner Schwester. Kevin verabschiedete sich höflich von der Mutter und etwas zögernd vom Vater. Als er Grüße an seine Eltern bestellen sollte, platzte es aus ihm heraus, wie aus einem zu prallen Fußball „NEIN! Und ob ich noch einmal wiederkomme, weiß ich auch nicht.", drehte sich auf den Fersen um und lief wie gejagt davon. Die Eltern waren baff: „Was war das denn jetzt??"

Sie konnten es sich nicht erklären. Der Junge machte doch einen so wohlerzogenen Eindruck und schien auch sonst keine Probleme zu haben.

Die Familie unterhielt sich noch lange über Kevin. Christoph erzählte, dass die Familie kein Auto hätte, weil Autos umweltschädlich seien. Im Übrigen schienen das seine Schwestern Marlis und Petra zu bestimmen. Als ich ihn nämlich fragte, was denn sein Vater dazu sagen würde, war seine Antwort „Das weiß ich nicht."

„Vielleicht liegt da der Hund begraben." meinte Christophs Vater. „Womöglich ist der Vater abgehauen und seine

Mutter ist, wie heute fast modern, alleinerziehend. Wo arbeitet die Mutter denn wohl, wenn er mit den Schwestern alleine zu Hause ist? Vielleicht hat sie einen auswärtigen Job, um das Geld für die Familie herbeizuschaffen. Wisst ihr, wir regeln das heute nicht mehr. Geht ihr beiden schon mal Richtung Bett, Birgit muss morgen noch mal in die Schule, Zeugnisse abholen. Aber du Christoph, guck auf Kevin, wenn der dir nicht zu unsympathisch ist, und kümmere dich ein bisschen um ihn, wenn du ihn morgen siehst. Vielleicht hat er deine Freundschaft nötiger, als wir ahnen."

Marlis stand in der Haustür und nahm ihren Kevin glücklich in die Arme. Er kam zwei Stunden später nach Hause als üblich, mit glühendem Gesicht und das nicht nur vom Rennen. Sogleich, als sie sich zum Abendbrot an den Tisch gesetzt hatten, ergriff Kevin das Wort. Das war ebenfalls anders als sonst.

„Wisst ihr was – ich möchte zu meinem Geburtstag ein Fahrrad haben und damit fahre ich zur Schule – mit Christoph zusammen."

„Wieso das denn? Du kannst doch noch gar nicht fahren. Außerdem fährt ein Schulbus, deswegen haben wir doch diese Schule ausgesucht!"

„Doch, ich kann, das habe ich heute mit Christoph gelernt. Wir sind zusammen mit dem Rad schon von der Wiese zu ihm nach Hause gefahren, zu seinen Eltern, jawohl, zu seinen Eltern."

Dass er nicht das Tischtuch samt dem Geschirr vom Tisch gerissen hat, war ein Wunder, denn so schnell hat er den Abgang in sein Zimmer genommen. Was war heute nur mit dem Jungen los. Jetzt hat er auch noch die Tür nicht nur hinter sich zugeknallt. Nein, er hat auch noch den Schlüssel rausgezogen, von innen eingesteckt und abgeschlossen.

Ob ihm der Christoph irgendetwas erzählt hat.

Kevin wird aufgeklärt

„Marlis, ich sage es dir schon die ganze Zeit, bevor der Junge in die Schule kommt, müssen wir ihn kindgerecht aufklären. Er muss erfahren, warum er keinen Vater hat und eben auch keine Mutter. Das können wir nicht bis zum Schulbeginn aufheben. Er muss es zum Schulbeginn verarbeitet haben."

„Wie sollen wir ihm das nur erklären, gibt es denn gar niemanden, der uns helfen könnte? Das Jugendamt werden wir auf gar keinen Fall zu Rate ziehen." „Mensch Marlis, du hast doch eine Freundin gehabt, die Pastorin geworden ist."

„Ja aber, das ist doch ewig her, da war ich fünf Jahre. Als du und ich eng wurden, hat sich die Freundschaft aufgelöst. Die schreibt mir nicht mal mehr. Ich in keiner Kirche und nicht mal getauft. Ich kann nicht mal mehr ein Vaterunser beten und jetzt soll ich bei ihr anfragen, was wir beiden Lesben mit unserem Jungen machen sollen. Die flippt total aus und bekommt wohl möglich noch ein schlechtes Gewissen, weil sie sich nicht besser um mich gekümmert hat. Schließlich war sie drei Jahre älter als ich und hat immer den Ton angegeben. Nee du, das will ich nicht, die hat Schwierigkeiten mit sich selbst genug. Da muss eine andere Lösung her, aber jetzt lass uns erst mal schlafen gehen."

Sie gingen schlafen, nur der Schlaf stellte sich nicht ein. Kevin konnte ebenfalls nicht schlafen, er musste nur denken, immer nur denken. Warum nur hatte er keinen Vater. Petra und Marlis waren ja toll, aber seine Mütter schienen sie auch nicht wirklich zu sein. Ja, und wenn, warum dann zwei. Zwei Mütter und keinen Vater! Das Frühstück nach dieser schlaflosen Nacht verlief in aller Stille und dabei lagen die Fragen und nicht gegebenen Antworten so schwer in der Luft wie eine gemästete Gans im Gras. Es war allen dreien der Appetit vergangen

Christoph stand mit seinem Rad vor Kevins Haustür. "Hallo, kommst du mit, mir mein Geburtstagsfahrrad auszusuchen, beim Fahrrad-Losse im Dorf?"

„Ja, warte, gleich! Christoph, du hast doch einen Vater, eine Mutter und eine Schwester. Wieso habe ich Petra und Marlis, aber keinen Vater, keine Schwester und ich glaube, 'ne ganz richtige Mutter habe ich auch nicht. Weißt du, warum das so ist?

„Nicht richtig! Aber meine Mutter kann es Dir vielleicht erklären, wenn du magst, heute Nachmittag."

Sie saßen in der Küche am großen Tisch, Birgit musste nach draußen gehen, Kevin saß da, gespannt wie ein Flitzebogen.

„Kevin, es ist schwierig für mich, dir zu erklären, warum du keinen Vater hast. Ich weiß auch nicht, was deine Mütter sagen… oder wie nennst du die zwei Frauen, die so gut für dich sorgen, wenn ich dir die komplizierten Zusammenhänge erkläre."

„Da geht es doch schon los, Leo und Heinz sagen, keiner hat zwei Mütter, auch dann nicht, wenn er keinen Vater hat."

„Petra und Marlis haben dich doch offensichtlich sehr lieb und sie lieben sich, wie mein Mann und ich uns lieben. Nur kann man kein Kind bekommen, wenn man sich als Frau nicht in einen Mann verliebt hat, sondern in eine Frau. Da haben sie einen Weg gesucht und gefunden, ein Kind zu bekommen, ohne dass ein Mann dabei ist und so bist du zu ihnen gekommen. Du bist ihnen am allerwichtigsten. Glaub mir, es gibt viele Kinder, die Vater und Mutter haben und werden nicht so geliebt wie du von Petra und Marlis. Mehr kann und will ich dir nicht erzählen, mehr noch und Genaueres müssen dir deine beiden Mütter erzählen. Es wäre auch nicht recht, wenn ich ihnen das alles vorwegnähme. Dann noch eins Kevin, sag und denk: Es seien deine Mütter, sie haben es verdient."

Nach dieser langen Erzählung stand Kevin ganz ruhig auf, so als wäre er um Jahre älter geworden und um eine schwere Erfahrung reicher. Sagte leise tschüs und ging.

Helga Röper hatte ein schlechtes Gewissen, dass sie sich überhaupt zu diesem Gespräch hatte hinreißen lassen, aber der Kevin hatte ihren Sohn darum gebettelt, dass sie dachte, handeln zu müssen, bevor er es auf gemeine und hässliche Art von sonst wem erfahren würde, was Sache ist - aber mehr ging nicht. Nun konnte sie nur abwarten und beten, dass alles gut wird.

Zu Hause bei Petra und Marlis ließ er sich nichts anmerken, lieb und gesprächig wie immer. Als Marlis an sein Bett kam, ihm gute Nacht zu sagen, antwortete er mit „Mutter" und schaute sie dabei liebevoll und fragend an. Marlis war baff und wusste nichts zu sagen als nur staunend „Kevin"!

In der Küche aber gab es lange und ernste Gespräche zwischen den beiden Frauen. Hatte ihn jemand aufgeklärt? Aber gerade dann hätte er doch eigentlich nicht „Mutter" gesagt.

Petra und Marlis erinnern sich

Es begann alles schwierig zu werden. Sie wollten ein Kind. Eine richtige Familie wollten sie sein, vielleicht sogar mit zwei Kindern, wenn es gehen würde. Auch sie fragten sich, wie wohl der Vater sein mochte, aus dessen Samen ihr Sohn entstanden ist und wie die Mutter, die ihn ausgetragen hat. Sie wussten von beiden gar nichts, außer, dass sie aus gesunden Familien stammen. Wie gerne hätte Marlis ihn in ihrem Leib ausgetragen, aber nach zweimaliger Fehlgeburt hat kein Arzt sich zu einer weiteren künstlichen Befruchtung bereit erklärt. Also musste eine Leihmutter her und die wurde in Holland gefunden. Genau so gerne hätten sie gehabt, dass der Bruder von Petra als Vater hätte erwählt werden können oder sie hätte eben ihr gemeinsames Wunschkind ausgetragen, aber der Bruder von ihr und ein Bruder ihrer Mutter litten am Downsyndrom, da wollten sie das Risiko nicht eingehen, dass das auf ihr Kind vererbt worden wäre.

Die Ärzte mussten von dem infrage kommenden Vater ganz strenge Gesundheitszeugnisse aus zwei Generationen seiner Familie herbeibringen. Genauso musste die Leihmutter Gesundheitszeugnisse vorlegen. Schließlich bekamen beide viel Geld und die Universitätsklinik ebenfalls. Das war auch der Grund dafür, dass es im Hause Thiel-Möller so sparsam zuging.

Petra hätte eigentlich ein kleines Erbe von zu Hause bekommen müssen, aber da hielt das Fürsorgeamt seine Hand drauf, wegen ihres pflegebedürftigen Bruders. Dazu kam noch, dass ihre Eltern jeglichen Kontakt mit ihr abgebrochen haben. Der Bruder behindert und sie lesbisch, das war einfach zu viel. Der Vater hätte es wohl noch verschmerzt, aber für die Mutter ging es gar nicht.

Kindergeburtstag und Antwortversuche

Morgen sollte nun der große Geburtstag von Christoph gefeiert werden. Kevin war vor Freude ganz aus dem Häuschen, sie waren alle drei eingeladen, dazu die Tante und noch zwei andere Freunde von Christoph. Wenn das Wetter mitspielt, sollte die ganze Party im Garten stattfinden. Es war für Kevin der erste Kindergeburtstag in dieser Art. Marlis und Petra hatten allen Kontakt zu anderen Familien immer verhindert. Gestern hatten sie schon bei dem Fahrradhändler eine ganz tolle Klingel für das neue Rad von Christoph gekauft. Kevin hatte sich daraufhin zu seinem Geburtstagsrad im Herbst ebenfalls so eine schöne Klingel gewünscht. Aber aus dem Geburtstagsrad wurde nichts und er hat es dann mit den Worten eingesehen, indem er sagte: „Ach, eigentlich bekommt Christoph das Rad ja auch erst jetzt, wo er sieben wird. Dann habe ich ja noch ein Jahr Zeit und vielleicht leiht er mir bis dahin sein altes Rad und ich mache die Klingel daran, die ich vielleicht zum Geburtstag bekommen werde."

Es wurde wirklich ein doller Tag mit Blindekuh, Schaumkusswettessen und Eierlaufen. Nach dem Abendbrot, als Kevin mit Christoph in sein Zimmer gegangen war, um dort mit den neuen Fischertechniksteinen sich zu vergnügen, saßen Petra und Marlis noch mit Christophs Eltern zusammen. Es wurde ein langes und schwieriges Gespräch in Sorge um Kevin. Er war ein heiteres und glückliches Kind, aber würde er das alles ertragen, wie es bei ihm zugegangen ist. Es konnte in ganz unerwarteten Situationen geschehen, dass er

Fragen stellte, auf die man nur ganz schwer antworten konnte.

So wie am Montag beim Angeln - Fragen wie, ob mein Vater wohl eine Brille trägt, was meinen Sie, Herr Röper? Ja, was meinte er wohl. „Du, ich weiß es nicht, aber wie kommst du darauf?" „Sie tragen keine Brille und Christoph auch nicht, aber der Kurt neulich trug eine Brille und als sein Vater ihn abgeholt hat, habe ich gesehen, dass der auch eine Brille hat und Birgit hat die gleichen lockigen Haare wie ihre Mutter. Ach, ich gehe nach Hause, es nutzt ja alles nichts." Ja, es nutzte alles nichts, was immer er anstellte Antworten zu bekommen auf seine Fragen, sie brachten kein Licht in sein verworrenes Dasein.

Die Sommerferien wurden für Kevin und Christoph die schönsten Ferien, die sie je erlebt haben. War das Wetter zum Angeln geeignet, nahm Christophs Vater sie mit, und sie brachten manchen Fisch mit nach Hause. Lustig fanden sie immer den Gruß „Petri Heil." So sagten sie selbst auch oft zueinander, wenn sie sich trennten oder am Morgen begrüßten „Petri Heil" Die Tante versprach, bei nächster Gelegenheit in die Bibliothek zu gehen, um dort nachzublättern, was Petri Heil bedeutet und die beiden Jungens bedankten sich schon im Voraus bei ihr mit „Petri Dank"

Kevin und Christoph lernen Posaune

Seit gestern haben ihre Ferien nun noch eine weitere große Dimension bekommen. Sie wollen lernen, in einem Schulorchester Posaune zu spielen, obgleich sie mit Musik beide nichts am Hut hatten – bis jetzt! Aus Sympathie zum Chorleiter sagten aber beide spontan zu. Fußball spielten sie schon nicht und auch sonst machten sie fast nichts an Sport. Hätte man in der Klasse eine Umfrage gestartet, wie Kevin und Christoph von ihren Mitschülern gesehen werden, wäre die Antwort gewesen „Langweilig, zum Gähnen langweilig" Von ihren tollen Fischerkonstruktionen wussten ihre Mitschüler ja nichts und schon gar nicht, dass sie sich angemeldet hatten für „Jugend forscht" und sich sogar einen Gewinn ausmalten.

Sie übten beide in jeder freien Minute Posaune und selbst Fischertechnik musste manches Mal dahinter zurückstehen. Auf der Einschulung fürs Gymnasium wollten sie spielen können und sie waren erstaunt, wie schnell die Musik von ihnen Besitz ergriff.

Ja, in ein paar Wochen würde wieder etwas ganz Neues beginnen, man sollte da ja nun richtig was lernen. Was sie bis jetzt geboten bekamen, war doch nur Kinderkram und sie vergaßen völlig, dass sie Kinder sind.

Kinder eben!

Großer Familientreff nach dem Konzert.

So sind die letzten Ferientage dahin gegangen und sie wussten zumindest beide, dass sie im Chor eine gute Rolle spielen würden.

So geschah es auch. Kevin spielte das Solo von „Post im Walde" und Christoph hatte einen Extrapart in „Die Vogelhochzeit" zu spielen. Kevin hatte nun auch eine neue moderne Jeans bekommen und Christoph sowieso, dazu hatten alle Chorkinder ein weißes Hemd an. Für die Eltern ein toller Anblick und sie spielten alle beeindruckend gut. Den stürmischen Applaus gab es nicht nur für die Spieler, sondern auch für den Chorleiter, der das in so kurzer Zeit mit so jungen Kindern auf die Beine gestellt hatte.

Das wirklich große menschliche Ereignis spielte sich aber erst beim Verlassen der Veranstaltung ab, zumindest für Kevin. Es traf eine kleine Gruppe Menschen aufeinander, die sich mehr als fünfzehn Jahre nicht gesehen hatten, obwohl sie eng mit einander verwandt waren.

Petras Eltern waren zu diesem Schulereignis gekommen, um die kleine Nachbarstochter zu begleiten, deren Eltern auf längerer Geschäftsreise waren. Die kleine Lisa war sowieso mehr bei diesem älteren Ehepaar als bei den eigenen Eltern zu Hause. Es war eine wunderbare Wahlverwandtschaft. Selbst der Rudolf mit dem Downsyndrom hatte für Lisa ein offenes Herz und sie für ihn sowieso. Sagte sie „Rudolf, machst du mir einen Drachen" suchte er alles zusammen und begann stehenden Fußes mit dem großen Auftrag und die beiden Kindsköpfe glaubten daran, dass es was wird.

Jetzt standen sich nun Eltern und Tochter gegenüber, fremd und rätselhaft. Lesbisch! Woher hatte sie das bloß, die Eltern Thiel konnten es nicht verstehen und auch nicht akzeptieren. Sie hatten Petra in ein Heim geben müssen, weil die Mutter mit dem pflegebedürftigen Jungen, diesem lebhaften, wissbegierigen Mädchen und der Arbeit auf dem Hof nicht fertig werden konnte. Den unselbstständigen Jungen wegzugeben, brachten sie nicht übers Herz. Aber Petra? Petra war stark. Die wusste immer, was sie wollte, die würde es aushalten. Dass man in einem streng evangelischen Heim zur Lesbe werden könnte, wäre ihnen nicht in den Sinn gekommen. Im Gegenteil, sie dachten, die Diakonissen würden dem Intellekt ihrer Tochter das bieten können, was sie selbst nicht vermochten.

„Das hier ist, wie ihr ja sicher noch wisst, Marlis, mit der ich zusammenlebe und das ist Kevin, unser Sohn."

„Was, dieses tolle Kind ist Euer Kind?

„Ja, Mutter warum denn nicht"?

„Ja, wie soll ich das denn wissen, zwei Frauen ein Kind?!?"

Da meldete sich nun der Vater und streckte dem Kevin so spontan die Hand und sagte ganz genau so spontan: „Ich also bin dein Opa, was ein Glück, dass wir uns endlich sehen", drückte ihn an sich, dass dem Jungen fast die Luft wegblieb und die hatte der schon sowieso fast nicht mehr.

Das hier ging dem Kevin mit seinen 10 Jahren völlig von der Angel, wie Christophs Vater sagte, wenn kein Fisch hängen bleiben wollte. Keinen Vater hatte er und das mit den Müttern war auch nicht wirklich geklärt und jetzt hatte er plötzlich einen Opa, der ihm vor lauter Verwunderung die Luft abdrückte. Die Oma dagegen war fassungslos, dass Petra und Marlis so einen tollen Jungen haben. Was war das alles bloß eine verrückte Sache, Dackel und Doria!!! Was für eine verrückte Sache!?

Statt, dass es wie versprochen nach dem Konzert in einen Film ging, hatte er wie aus dem Erdboden geschossen, jetzt plötzlich eine Oma und einen Opa.

„Petra, steig in euer Auto und dann ab zu uns nach Hause. Mutter hat zu Lisas großem Tag Hefekuchen gebacken, mit Zucker und Butter oben drauf, wie du es lange nicht mehr gegessen hast."

„Du, wir haben kein Auto!" „Was, kein Auto? Auf welchem Stern lebt ihr denn, bist du Hartz IV-Empfänger?"

„Nee!! „Ein Auto ist umweltschädlich!" meldete sich nun Kevin auch mal zu Wort.

„Ach Junge, das ist wohl wahr, aber ein Auto braucht man doch heute nun wirklich. Die Grünen sagen auch, dass unsere acht Mastrinder und unsere zwei Milchkühe umweltschädlich sind und dass wir alle vegetarisch essen sollen."

„Na, egal, Petra wie kommt ihr denn nun zu uns zu nach Hause?" Da weiß ganz spontan Oma, die Antwort: „Na, mit dem Taxi"

„Ja, aber die Räder", meldete sich jetzt auch mal die Marlis zu Worte.

„Die Räder bringe ich euch morgen mit dem Trecker."

So kamen sie alle wohlbehalten bei dem Zuckerkuchen an, und der war echt lecker wie sonst was. Kevin dachte, solchen Kuchen habe ich im ganzen Leben noch nicht gegessen. „Ja, und die beiden Oma- oder Opa-Eltern, die machen mich total an. Was für ein Tag! Dackel und Doria! Was für ein Tag."

Sich ebenfalls vor Glück nicht fassen, konnte der Rudolf. Endlich mal Leben auf dem Hof und nicht nur das von den Rindern oder das von Lisa, für die er dauernd was machen sollte.

Als sie sich alle an dem Kuchen wohlgetan hatten, wurde Rudolf aktiv und zog mit den beiden Kindern ab in den großen Garten.

Die neue Familie hält Beratung.

Die Erwachsenen hatten sich viel zu erzählen und verstanden überhaupt nicht, dass man sich erst jetzt wiedergefunden hatte. Selbst Marlis fand sich sofort dazugehörend. Doch wie die beiden Frauen zu ihrem Kevin gekommen sind, versetzte die Eltern fast in einen Schockzustand. Der Junge wird nie seinen Vater kennen lernen und das mit der Mutter, wie soll er das nur alles begreifen, wann wollt ihr ihm das denn alles richtig erzählen?

„Das lassen wir auf uns zukommen ... ach, wie soll ich euch denn nun nennen?"

„Vater und Mutter, Marlis – natürlich Vater und Mutter!! Von dir wissen wir ja gar noch nichts, hast du denn womöglich auch keine Eltern gehabt?"

„Gehabt bestimmt, aber nicht behalten und nicht kennen gelernt"

„Ach, du Arme, dann sollst du es bei uns beiden jetzt doppelt gut haben, wir haben wohl viel gut zu machen."

„Und was ist nun damit, dass Petra durch ihre Liebe zu mir lesbisch geworden ist"?

„Damit wollen wir endlich anfangen, fertig zu werden. Wir wissen gar nichts darüber, es war für uns einfach Sünde. Geboren worden war Petra so doch nicht als – wie heißt das noch? Lesbe!? Nee, unsere Petra war ein ganz normales Baby, ein Mädchen mit allem, so wie es bei einem Mädchen zu sein hat, und nicht halb so und halb so. Es ist schwierig für uns, aber das wollen wir an dir nicht auslassen. Sind denn wohl die Diakonissen in dem Heim, in dem ihr als Kinder gewesen seid, alle lesbisch gewesen und haben euch angesteckt?"

„Nein, ganz bestimmt nicht, Mutter. Die haben das mit uns bis zum Schluss gar nicht mal gewusst. Nur wir zwei wussten, dass wir zusammen gehören, so wie du und Vater."

„Nein, nein ganz so eben doch nicht. Ich verspreche euch, ich werde mir Bücher zu dieser Geschichte besorgen und ihr müsst uns helfen, dass wir das verstehen. Noch schlimmer ist ja aber die Geschichte mit dem Kevin, nein schlimmer wohl nicht, aber ganz und gar unbegreiflich. Es steht uns viel bevor. Aber wie immer es kommt, Marlis, du bist unsere Tochter von jetzt bis in alle Ewigkeit zusammen mit Petra, helft uns bei diesem großen Vorhaben."

Ja, es war viel, was sich Oma und Opa Thiel da vornehmen wollten.

Gymnasium

Kevin und Christoph waren auf dem Gymnasium rund herum glücklich, endlich wurde ihrer Wissbegier Rechnung getragen. Hatten sie Zeit, experimentierten sie mit der Fischertechnik, einer digital gesteuerten Förderanlage im Miniformat. Es waren ja auch noch ganz andere Dinge hinzugekommen, die Posaune, von der eine ganz unerwartete Faszination für beide ausging. Am Ende des Sommers sollte es einen großen Schulwettbewerb geben. Sie beide, der Christoph und er wollten wieder blasen und sich dem Musikwettbewerb stellen, dazu ein Posaunenstück aus der Schöpfung einüben. Ein schwieriges Unterfangen? Für die Abenteuer auf dem Hof von Oma und Opa hatten sie fast gar keine Zeit. Lisa, die mit ihnen in einer Klasse war, monierte das immer wieder. Sie hatten doch beide versprochen, dass sie sich zusammen einen lustigen Sommer machen wollten. Birgit, Christophs Schwester, wollte doch auch noch dazu kommen.

Kevins Geburtstag und ernste Gespräche

Das übernächste Wochenende sollte nun aber wirklich richtig was los sein. Kevins Geburtstag stand an und Opa hatte sich angeboten, zu diesem Ereignis die Grillsaison zu eröffnen. Die Tante und Christoph mit seiner ganzen Familie sollten eingeladen werden und natürlich Lisa mit ihren Eltern. Der Opa hatte mit Christoph die große Überraschung für Kevin, sie hatten bei Losse, dem Fahrradhändler, für Kevin zum Geburtstag ein Fahrrad ausgesucht und gleich mit zum Hof genommen. Das sollte auf dem Geburtstagstisch stehen und rings herum die Tassen. Seitlich vom Rad Torte und Berge von Zuckerkuchen. Außer Kevin schlief von den Akteuren niemand, am wenigsten Christoph.

Nach und nach stellten sich alle Gäste ein, sie würden mit etwa fünfzehn Leuten feiern. Die lange Gästetafel war unter dem großen alten Kastanienbaum gedeckt und die Oma musste dauernd den Rudolf, diesen Kindskopp, davon abhalten, sich alle Streusel vom Kuchen zu pulen.

Lisa und Christoph standen und warteten auf Kevin, sie waren ihm heimlich von der Schule vorausgefahren. Jetzt kam er angehechtet mit dem kleinen Rad und wollte sogleich anfangen zu mosern, aber er kam gar nicht dazu, sie banden ihm nämlich die Augen zu. Dann riefen sie alle zusammen: Marlis, Petra, Birgit mit ihren Eltern, die Tante, Lisas Eltern und natürlich Rudolf. Jetzt wurde, um für Kevin die Spannung noch zu erhöhen, erst mal gesungen. „Wie schön, dass du geboren bist und hast Geburtstag heut."

Als Kevin sah, was da auf dem Tisch stand, wäre er tatsächlich fast umgekippt, wenn Rudolf ihn nicht gehalten hätte. „Ein Fahrrad, das gleiche wie Christoph eins bekommen hat, als er vor einigen Wochen Geburtstag gehabt hat, er eins in blau und seins in grün. Unglaublich, wer hat mir das geschenkt, oder ist es gar kein Geschenk für mich?"

„Natürlich ist es ein Geschenk für dich, Marlis, Petra und wir zwei beiden haben all unsere Groschen dafür zusammengesucht." „Ich auch", meldete sich jetzt Rudolf aber zu Wort. „Richtig, Kevin! Rudolf hat dir den tollen und teuren Kilometerzähler gekauft und auch eigenhändig angebaut." Da fiel Kevin dem Rudolf als ersten um den Hals. Der nahm das gebührend und stolz zur Kenntnis. Als dann alle anderen ihren stürmischen Dank erhalten hatten, kamen der Zuckerkuchen und die Torten an die Reihe. Und man sollte es nicht glauben, zum Abendessen schmeckten die Würstchen vom Grill schon wieder genau so gut wie der Kuchen.

Von dem Hit, dass die Kinder im Heu schlafen würden, ahnten sie zum Glück gar nichts. Umso größer die Überraschung und die übrige Gesellschaft hatte viel Zeit, sich in ernste und heikle Gespräche zu verwickeln. Nein, Kevin wusste immer noch nicht genau, woher und wie er gekommen ist. Petra und Marlis wollten ihm und sich Zeit lassen bis zu dem Konfirmandengespräch. Sie hatten mit Kevin beschlossen, dass er mit Christoph zusammen konfirmiert wird und davor noch getauft, da meldete sich Gerda Hansen, Lisas Mutter: „Wenn das man nicht zu spät ist. Auf dem Gymnasium wird gleich nach den Sommerferien mit dem Biologie-Unterricht begonnen. Da könnten sich doch Fragen stellen, auf die Kevin keine Antwort hat für sich selbst, er ist doch ein kluger Junge."

Ja, nicht immer weiß man, von dem, was man beginnt, wie es weitergeht und gehen soll. „Wir müssen Gott vertrauen."

„Kennt ihr den denn überhaupt noch"? meldete sich die Oma zu Wort und der Opa pflichtete ihr bei.

Darauf wussten Petra und Marlis tatsächlich nicht einmal sich selbst eine richtige Antwort. Im Heim war viel von Gott die Rede gewesen, er musste bei den Schwestern immer herhalten, wenn sie mit der Erziehung Probleme hatten und das war nicht selten. „Ihr wisst doch, der liebe Gott sieht alles" war eine feste Erziehungsformel. Sie aber fragten sich, warum er denn weggesehen hat, als die kleine Ulla im Teich ertrunken ist. Nein, so richtig wussten sie mit Gott nichts anzufangen, aber vielleicht würde Kevin ein ganz anderes Verhältnis zu ihm entwickeln und die Chance wollten sie ihm nicht nehmen. Marlis und Petra fanden es toll, dass es die Möglichkeit gibt, ein Kind zu bekommen, wenn es auf natürliche Weise nicht klappt.

Oma und Opa sahen das ganz anders. Die Sache mit dem Leben und Sterben ist Gottes Sache, da hat ihm kein Mensch hineinzufuchteln. Nein, das Leben ist keine Wundertüte, auch wenn sie sich bemühen wollten, alles zu verstehen und zu begreifen, wie das mit dem Kevin, diesem prächtigen Kind, gegangen ist. Sie wollten nichts und niemanden verdammen, das stünde ihnen ja auch nicht zu. Es ist eine Menge, was sie sich zumuten müssen. Um dieses Jungen willen würden sie es schaffen. Aber auch Petras wegen, ihr haben sie ja auch viel zugemutet. Nämlich, bei den Schwestern aufzuwachsen. Aber sie haben es bei aller Liebe und gutem Willen nicht geschafft, Rudolf und Petra zu behalten. Jetzt wollen sie es schaffen, jetzt soll Petra spüren, dass sie Eltern hat und auch, dass sie gleichermaßen Marlis in ihr Herz schließen und ihr Platz unter ihrem Dach gewähren werden. Sie wollen, dass doch noch alles gut wird und dazu bitten sie nun tatsächlich Gott, dass er ihnen ihre Hartherzigkeit vergibt und zu diesem Ansinnen seinen Segen gewährt.

„Dackel und Doria, was ein cooler Tag!" dachte sich Kevin und ist am nächsten Morgen schon fast vor Sonnenaufgang draußen um eine Fahrradtour zu drehen, zweimal um den Misthaufen herum, da lief ihm der Opa über den Weg. „Mensch, Kevin, du schon auf?" „Ja, ich wollte sicher sein, dass ich das mit dem Rad nicht geträumt habe."

„Opa, warum habe ich solange nicht erfahren, dass zwei so liebe und coole Typen wie ihr zu mir gehören, oder besser ich zu ihnen. Aber jetzt, Opa, gehören wir zusammen, wir alle – du, die Oma, der Rudolf und wir drei. Ein bisschen auch die Lisa und der Christoph, nicht wahr?!" So kann es doch werden!

Als der Opa angesichts dieser Offenbarung ihm spontan seine Arme öffnete, flog das Rad im hohen Bogen gegen den Misthaufen und er selbst in die ausgebreiteten Arme seines Opas, der drückte ihn so fest, dass fast die Rippen knackten. Als er sich daraus wieder befreit hatte und sein Rad sah, das mehr oder weniger auf dem Misthaufen lag, lief er vor Bestürzung rot an. Opa war aber fix bei der Sache, nahm das Rad in die eine Hand und Kevin am Arm. Auf der Futterdiele haben sie es gemeinsam von allen Mistspuren befreit und ansonsten hatte es keinen Schaden genommen.

„Das mit dem Rad auf dem Misthaufen, Kevin, bleibt unser Geheimnis und besiegelt unser beider Opa/Enkel-Beziehung für alle Ewigkeit."

„Ja, es war ein guter Tag gewesen, für alle! Wie hatte Kevin gesagt, als er früh auf dem Hof erschien, um zu prüfen, ob das mit dem Rad nicht doch wohl möglich nur ein Traum gewesen ist? Ein „Dackel und Doria"-Tag! Ausdrücke haben die Kinder heute", so spürte er, dass sie, die beiden Alten, er und die Oma, viel zu lernen hatten.

Der Sommerferienrest.

Den kleinen Zwischenrest des Sommers verbrachten sie auf dem Hof von Opa und Oma Thiel. Dieses Kleeblatt: Kevin, Christoph, Birgit und Lisa. Rudolf war aber auch noch oft dabei. Das Tollste war, wenn sie die Ponys anspannen durften. Mit so einer Ponytour konnte keine Autotour konkurrieren. Es durfte in der Feldmark immer eines von den Kindern die Zügel nehmen und Rudolf gab Anweisungen und Befehle. In diesem Jahr wuchs er glatt über sich selbst hinaus. Kevin war ganz hingerissen von all den kleinen Kälbchen, die jetzt alle auf die Welt gekommen waren oder besser gesagt auf die Weide. Aber etwas schob er immer vor sich her. Wie waren die Kälbchen in die Kühe hineingekommen. Rudolf hatte zwar schon in seiner Einfalt Erklärungsversuche gemacht, nämlich so: „Na, wie das bei dir war, nur das bei den Kühen der Bulle dafür sorgt. Bei uns macht das aber der Tierarzt mit einer Spritze. Bei weniger als 20 Kühen lohnt sich ein Bulle nicht, sagt dein Opa." „Aha, ja, und wie macht das der Tierarzt und wie geht das weiter?"

„Na, biotechnisch eben." Wie gut, dass er gestern bei dem Gespräch im Kuhstall zugehört hat, sonst hätte er dem Kevin nicht so klug antworten können, diesem fixen Bengel, der alles auf den Kopf stellte.

Ja, wie es Frau Hansen, Lisas Mutter, vorausgesagt hatte: Der Biounterricht fand statt. Den Kevin interessierte das al-les, mit den sauberen Flüssen und dass man mit Acker, Flora und Fauna gut umzugehen hatte. Er verstand noch besser, dass nicht so viele Autos fahren dürfen und war stolz, dass sie mit dem Rad fuhren, obwohl manchmal, wenn Röpers mit ihnen ins Grüne fuhren, war das auch schön oder wie neulich nach Mannheim in den Zirkus. Die riesigen Elefanten und die klitzekleinen Äffchen. Ja, Dackel und Doria, das war 'ne Wucht und vielleicht würde er doch mal ein Auto haben, so einen kleinen Bus wie Röpers oder noch größer. Es mussten doch auch Opa und Oma, Rudolf und Lisa hineinpassen und eigentlich auch der Christoph mit seiner Familie. Er hatte schon oft gedacht, mit der Umwelt konnte es nicht nur zusammenhängen, dass sie kein Auto hatten und mit der Gesundheit auch nicht. Das Geld konnte es doch aber auch nicht sein, obwohl es schon sehr sparsam bei ihnen zuging. Vielleicht ist es das Haus, das Petra und Marlis ja alleine gebaut haben und das alles Geld aufgebraucht hat. Eigentlich konnte es das auch nicht sein, Röpers hatten doch auch ein Haus, ein Auto und alle ein Fahrrad, was mochte nur der Grund sein. Ob sie womöglich ihn gekauft hatten für viel Geld. Na, das wäre ja tatsächlich eine Erklärung, aber die wollte er nicht glauben, nein, die nicht. Er hatte schon genug Durcheinander mit sich selbst, nicht auch noch für die Geldknappheit von Petra und Marlis verantwortlich sein, bloß nicht das auch noch.

Abgesehen von dem allen, was Kevin zu denken hatte, war es für ihn ein runder, aufregender und wunderschöner Sommer gewesen. Er hatte mit dem Opa den alten Binder wieder gängig gemacht, denn der wollte nicht so einen schweren Mähdrescher auf seinem Acker haben, nee der macht den Acker hart und fest. Kein Wasser kann mehr eindringen und der Weizen vertrocknet auf dem Halm.

„Opa, ich habe gestern bei dem Max Gelpke in so einem Riesenmähdrescher gesessen, du, das ist ja doll. Hast du schon mal darin gesessen, Opa? „Opa, ehrlich, ist es wirklich so, dass du diese schwere Maschine deinem Acker nicht antun willst, oder fehlt dir auch das Geld, wie Petra und Marlis für ein Auto; ihr musstet euch doch kein Kind kaufen." Jetzt fiel dem Opa der Schraubenschlüssel aus der Hand. „Das musst du mir erklären, Kind, wer musste sich denn sein Kind kaufen?" „Na, Petra und Marlis mich, oder wo haben sie mich her bekommen??" „Pah! Kind, das ist ja nun wieder eine Frage und ausgerechnet ich soll dir das jetzt erklären, nee du, das kann ich nicht, das müssen Petra und Marlis machen."

Die große Aufklärung

Heute Abend, Opa, gehe ich nicht ins Bett, bis ich weiß, ganz genau weiß, was mit mir los ist!!

So trug es sich zu! Nichtsahnend saßen sie am gedeckten Tisch, um Abendbrot zu essen, und dann machte sich Kevin groß, fast größer als er war.

„Petra und Marlis, jetzt will ich es wissen, wo komme ich her und wer sind wirklich meine Eltern? Habt ihr mich einer armen Familie für viel Geld abgekauft und sind wir deswegen immer knapp bei Kasse, sagt es mir endlich, ich will es wissen, ganz egal, wie die Antwort lautet, ich halte sie aus!"

„Kevin, das ist aber nicht einfach und wir wollten dir die Antwort jetzt noch nicht zumuten."

„Es war und ist so: Marlis und ich sind im Kinderheim aufgewachsen und konnten uns da gar nicht einleben. Abends haben wir immer geweint und tags hatten wir Ärger, weil wir nicht mitgespielt haben. Bei den anderen Kindern waren wir nichts wert und die Erzieherinnen schienen uns auch nicht zu mögen. Wir schliefen in einem großen Mehrbettraum übereinander. Ich habe dann den Anfang gemacht und habe Marlis gefragt, ob sie nicht in mein Bett kommen möchte, dann könnten wir doch zusammen weinen und uns aneinander festhalten. Wir haben uns alles erzählt. Ich, dass ich im Heim bin, weil ich mich mit meinem Bruder nicht vertragen konnte, der Downsyndrom hat oder wie das heißt."

„Marlis hat mir erzählt, dass sie von ihren Eltern nichts weiß. Solange sie denken kann, musste sie in Heimen leben und hatte das immer noch nicht gelernt. Die anderen Kinder in den Heimen mochten sie alle nicht. „Hau ab, du langweilige Schlafmütze", war der Satz, den sie immer zu hören bekam. Hatten sie etwas ausgefressen, haben sie es ihr in die Schuhe geschoben und die Schwestern haben es ihnen geglaubt, obwohl sie doch genau wussten, dass sie viel zu ängstlich war, um bei solchen Sachen mitzumachen."

„Wenn wir uns gemeinsam ausgeheult hatten, ging es uns besser. Wir schliefen jetzt jede Nacht zusammen, Arm in Arm, dazu versprachen wir uns, dass wir ab jetzt fest zusammenhalten würden. So haben wir es dann gemacht. Außerdem entwickelten wir zusammen nicht nur den Mut, überall dabei zu sein. Nein, wir hatten sogar den Ehrgeiz, bei den Spielen zu gewinnen. In der Schule wurden wir auch besser und es hat keiner gewagt, uns auszutricksen. Wir waren zum Doppelpack geworden."

„Ja, so hat alles begonnen", erzählte Petra weiter. „Mit Jungens näher zusammen zu sein, hatten wir keine Lust. Als wir begannen, uns körperlich zu entwickeln, die ersten Büstenhalter bekommen haben, merkten wir, welche Lust es uns bereitete, sich gegenseitig die kleinen Brüste zu streicheln und das intensive Küssen. Wir entdeckten auch noch andere Stellen, die große und tiefe Glücksgefühle auslösten. Wir waren zwei tief glückliche Teens."

„Mit Freude am Lernen und Bravour absolvierten wir unsere Ausbildungen und haben beide gute Arbeitsstellen gefunden. Jetzt waren wir zum ersten Mal tagsüber getrennt. Doch am Abend genossen wir in unserer kleinen Einzimmerwohnung unser Glück. Nach Hause fuhr ich selten oder nie. Wir hatten lange herausgefunden, dass unser Verhältnis als falsch angesehen wird. So behielten wir es streng für uns und hatten in dieser Geheimhaltung großes Geschick entwickelt.

Ich war inzwischen 21 Jahre geworden und Marlis war ein Jahr jünger. An diesem Sonntag war ich mal wieder zu Hause und Vater fragte, ob ich mir vorstellen könnte, unseren kleinen Betrieb zu übernehmen.

„Nein" war meine ganz eindeutige Antwort und dazu offenbarte ich ihnen noch, dass ich lesbisch bin. Das musste ich ihnen nun erst mal noch erklären. Als sie es begriffen hatten, haben sie nur gesagt: „Raus!! Für 'son Schweinskram ist in unserem Hause kein Platz."

Das war es dann. Aber wo kriegen wir jetzt ein Kind her? Ich konnte und wollte es nicht bekommen, das, was mit Rudolfs Downsyndrom war, wollten wir unserem Kind nicht zumuten. Dass es erblich ist, wussten wir ja, denn Mutters Schwester hatte das gleiche. Das hieß auch, dass wir einen fremden Vater für unser Kind suchen mussten. Wir hatten von einer Mannheimer Klinik gehört, dass sie so einen Vater zuverlässig mit großer Verantwortung vermitteln würde. Also haben wir uns für diesen Schritt entschieden, und auch dafür, dass Marlis die Mutter wird und das Kind eines fremden Samenspenders austrägt. In einer Petrischale würden Ärzte mit großem Respekt und Verantwortungsbewusstsein den Samen eines fremden Mannes und die Eizelle von Marlis zusammen fügen, so quasi der Liebesakt. Das wäre ja auch noch eine gute Vorstellung gewesen. Dann stellte sich heraus, dass Marlis ein Kind nicht austragen kann. Alle Überlegungen begannen wieder von vorn. Inzwischen hatten wir ein kleines Grundstück gekauft und in ein paar Wochen sollte das Fertighaus dafür kommen. Es war alles unbeschreiblich dramatisch und nervenzehrend. Nebenher machten wir beide ja auch noch zweimal in der Woche Abendschicht in einer Gastwirtschaft."

Im neuen Haus.

Das Haus stand. Das war eigentlich auch ihr kleinstes Problem. Als sie das erste Mal in ihre Betten gestiegen sind, konnten sie es fast nicht glauben. Sie haben sogar beide recht gut geschlafen, aber das Kinderzimmer schlossen sie nicht auf und die Handwerker haben sie gebeten, dass sie die Rollladen in diesem Raum nicht hochziehen.

Drei Wochen wohnten sie nun in ihrem Haus und eigentlich sogar glücklich. Vom Kind sprachen sie beide nicht mehr und dann schellt in ihr kleines Glück hinein die Haustürklingel. Ein Arzt der Mannheimer Klinik stand vor der Tür und wollte etwas Wichtiges mit ihnen persönlich besprechen. Er hatte in Holland eine Leihmutter gefunden!!! Eine Leihmutter?! - Ein fremder Vater und jetzt auch noch eine fremde Mutter??

„Wir beiden Frauen dachten, das ist doch dann gar nicht unser Kind, das da zur Welt kommt. Dann können wir doch genau so gut eins adoptieren, was ja aber für zwei Lesben fast nicht möglich war."

„Bedenken Sie, bei diesem Kinde erleben sie in gewisser Weise mit, wie es wächst, sehen das Ultraschallbild des kleinen Wesens, erfahren, ob Ihr Kind ein Junge oder ein Mädchen wird. Ich kann Ihnen aus Erfahrung erzählen, dass es für Sie eine aufregende Zeit wird, fast so, als wären Sie tatsächlich schwanger"!!!

„Werden wir die Mutter denn kennen lernen?"

„Nein, aber ich kann Ihnen sagen, dass sie eine ganz liebe Frau ist und lebenstüchtig."

„Hat sie denn selbst Kinder?"

„Ja, einen wirklich ganz tollen Sohn und zwei entzückende, kleine Mädchen. Dem Sohn möchten sie das Studium ermöglichen und den beiden musikalisch begabten Mädchen die Musikschule. Dafür kann ihr Mann das Geld nicht alleine herbeischaffen und wenn sie ein bisschen putzen ginge, würde das auch nicht reichen. So haben sie sich schließlich für diesen Schritt entschieden."

„Das hört sich ja alles gut an."

Sie hat sich auch erkundigt, wie Sie sind, ob sie ihnen ein Kind anvertrauen möchte.

Das alles haben wir besprochen, sie müssen nur noch ja sagen und ihr Kind beginnt zu leben."

„Siehst du, Kevin, so hast du zu leben begonnen. Und zwar auch aus Liebe!! Unsere Gedanken kreisten nur um dich. Wir mussten uns immer wieder zur Vernunft bringen, um nicht schon das Kinderzimmer für unser Kind einzurichten und einen Sandkasten im Garten anzulegen."

Kevin hat sich alles in Ruhe angehört, was Petra und Marlis erzählt haben. Es war ja eine tolle Geschichte und er wusste nicht, ob er darüber nun traurig sein sollte oder sich freuen.

Jetzt ergriff nun Kevin erstmal selbst das Wort. „Petra, wenn ich jetzt aber nicht gesund gewesen wäre, wäre mit einem Wasserkopf zur Welt gekommen oder hätte geschielt oder wäre ganz blind gewesen"?

„Du hast recht, Kevin, das hätte alles passieren können. Wir haben das alles mit uns in schlaflosen Nächten ausgemacht, dass es unser Kind ist, das in Holland von einer fremden aber wohl sehr lieben Frau ausgetragen wird, egal ob gesund oder womöglich missgebildet, uns immer wieder gegenseitig beschworen, dass es unser Kind sein wird, gesund oder krank, dass wir es lieben werden, wie alle Eltern ihre Kinder lieben."

Marlis hat sich Petras lange Rede geduldig mit angehört und es schien ihr, als würden sie alles noch einmal erleben, nur, dass jetzt das mit so viel Sehnsucht erwartete Kind dabei war. Unglaublich alles und würden sie glauben, dass das alles so von Gott gewollt ist, würden sie spätestens jetzt auf ihre Knie fallen und ihm danken.

Es ging der Tag schon dem anderen Morgen zu und selbst in diesen wenigen Stunden konnten sie alle drei nicht schlafen. Kevin brannte darauf, alles dem Christoph zu erzählen, in der Hoffnung, dass sie beide miteinander das alles verstehen würden. Am Nachmittag würde er das alles dem Opa und der Oma erzählen. Warum die Petra sich nicht mit dem Rudolf verstanden hat, konnte er trotzdem nicht verstehen, das ist doch so ein lustiger Kerl und immer hilfsbereit, ein Kindskopp zwar, wie die Oma immer zu ihm sagte, aber das war doch nun wirklich nicht schlimm. Was Kevin wirklich gut verstehen konnte, war, dass sich die beiden, Petra und

Marlis, im Kinderheim so dicht zusammengeschlossen haben. So fest, wie er und Christoph.

Was er nicht verstehen konnte, war, dass die Tante ihn immer wieder zum Spielen mit Mädchen überreden wollte. „Damit es dir nicht so geht wie Petra und Marlies, sei nicht bei Allem immer nur mit dem Christoph zusammen" war wieder und wieder ihre Rede. Was sollte das denn, er war doch auch mit Birgit und Lisa zusammen. Vielleicht war sie einfach nur eifersüchtig, das meinte auch der Herr Röper. Kevin war für sein Alter schon in einer Reife, wie sie manch ein zwölfjähriges Kind nicht hatte und es wurde ihm viel zugemutet.

Kevin und Christoph bekommen den Preis.

Sie hatten beide den Preis für ihr Fischermodell bekommen. Die Jury war ganz begeistert und der Herr Fischer, der Erfinder dieser kleinen Wundersteinchen ebenfalls des Lobes voll. Ein ganz nobler Herr mit Brille und Krawatte wollte ihre Eltern kennen lernen. Er hätte große Lust, diese Technik in seiner Firma weiter zu entwickeln. Das sollte sich für diese beiden Buben natürlich lohnen, sie wären im Übrigen eingeladen, in den nächsten Ferien nach London zu kommen, wo seine Fabrik ihren Standort hat. Da schaltete sich aber der Herr Fischer ein, zuerst kämen sie nun mal beide zu ihm ins Werk. Man, war das alles aufregend, Dackel und Doria, zum Ausflippen aufregend, ganz und gar zum Ausflippen.

Jetzt stellten sich Christophs Eltern vor und wurden gleich liebevoll eingeladen, sich zu ihnen an den Tisch zu setzen. deine Eltern auch, Kevin, hast du sie nicht gerufen? Da meldeten sich Petra und Marlis zu Wort, die neben Christophs Eltern standen. „Wir sind Kevins Familie, Petra und Marlis Thiel-Möller!" „Ja, schön, kommen sie auch mit an unseren Tisch, aber seine Eltern wollen wir dabeihaben, sind die denn nicht mitgekommen?" „Wir sind" und schwupps, drehte sich Kevin auf den Absätzen um. Hätte ihn Frau Röper nicht festgehalten, wäre er weg gewesen.

„Kevin, hat uns als Eltern!" Funkstille!!" Ja, dann man los, wenn es denn so ist." Der elegante Herr fand schnell die Fassung und behielt für sich, was er dachte. „Kevin und Christoph, dies ist euer Tag und der soll etwas Besonderes werden, weil ihr zwei etwas Besonderes seid, Kinder, die so jung etwas zusammen entwickeln, sind was Besonderes."

Frau Röper nahm Kevin zur Seite. „Kevin, du musst dich nicht wegstehlen, wenn die Rede auf deine Eltern kommt, du musst dich für Petra und Marlis nicht schämen, das sind zwei so prächtige Menschen. Längst nicht alle Kinder können mit so viel Stolz ihre Eltern zeigen, wie du. Die zwei haben auch verdient, dass du dich zu ihnen bekennst, komm setz dich zu uns" Und so geschah es.

Es wurde ein ganz toller Abend. Der Herr Fischer erzählte, wie alles mit seiner Firma, den Dübeln und irgendwann eben mit den Fischertechniksteinen begonnen hat. Dazu die beiden echten Einladungen, erst 14 Tage zu Fischertechnik und die letzten 14 Ferientage nach London, alle miteinander. Oma und Opa sollten auch mitkommen, aber die konnten sich noch nicht entschließen, wegen der Kühe mit ihren Kälbchen und ach, Rudolf.

„Wer oder was ist Rudolf," fragten beide Herren wie aus einem Mund" – „Rudolf, das ist unser Sohn mit Downsyndrom" den bringen sie natürlich auch mit. „Ja, wenn das so einfach wäre" „Aber vielleicht, Kevin, holen wir dich und deine Familie ab, das könnte doch gehen, zwei Tage und eine Nacht." So müsste es tatsächlich gehen. Kevin und Christoph blieben die letzte Ferienwoche ganz in London, in dieser herrlichen Metropole. Sie waren aber auch viele Stunden in der großen Firma und fühlten sich manchmal, als wären sie schon Ingenieure.

Als die beiden Jungen am ersten Schultag nach den Ferien ihr Diplom und die Einladungen zusammen mit den Bildern von der Preisverleihung in ihrer Schulklasse zeigten, wollte jeder ihr Freund werden. Die ganze Klasse war einfach platt. Das war bis jetzt ja gerade nicht so. Noch mehr staunten die Lehrer, klar wussten sie, dass der Kevin und Christoph zwei intelligente Jungen sind, aber diese Phantasie und das Durchhaltevermögen hatten sie ihnen doch nicht zugetraut. Der Lehrer Martens hat sogar für den nächsten Tag die Presse bestellt und die Schule kam ganz groß raus, ausgerechnet durch diese beiden Oberlangweiler.

Kevin wird getauft

Bei Opa und Oma war das Korn abgeerntet, die Zwetschgen auch schon reif, selbst die Tomaten und Weintrauben warteten, dass sie gepflückt werden.

Für Kevin stand etwas ganz anderes an. Er wollte und sollte getauft werden, damit er mit Christoph zusammen konfirmiert werden kann. Er hatte es gerade einigermaßen geschafft, sich mit seiner eigenartigen Geburt abzufinden und nun ging alles wieder von vorne los.

Sie saßen noch keine halbe Stunde zusammen in der Studierstube, Pfarrer Behrmann und Kevin. „Kevin, ich freue mich für dich, dass du und deine Eltern euch zu diesem Schritt entschlossen habt. Zuerst möchte ich dir sagen: „Alles, was wir hier mit einander besprechen, bleibt unter uns und es ist streng vertraulich. Du kannst mich alles fragen und mir alles sagen. Du darfst auch alles für dich behalten, worüber du nicht sprechen möchtest. Die meisten Kinder, die sich zur Konfirmation entschließen, möchten an diesem Tag selbst geloben, was am Tauftag ihre Eltern für sie getan haben. Ich wünsche dir und mir, dass wir eine wunderbare Zeit miteinander haben. Noch, - nein das Wichtigste überhaupt, möchte ich dir zum Beginn unserer gemeinsamen Zeit und deinem Entschluss sagen "Der Taufsegen ist etwas, das dir nie verloren gehen kann."

„Wie rede ich Sie denn überhaupt an? Herr Pastor, Herr Pfarrer oder Herr Behrmann"?

„Das darfst du dir selbst aussuchen"

„Dann also Herr Pastor, wissen Sie denn überhaupt, ob der liebe Gott mit mir was am Hut haben will, oder darf ich das so nicht sagen, er wollte doch gar nicht, dass es mich gibt. Nur weil Petra und Marlis ihn ausgetrickst haben, gibt es mich. In der Fischdose haben Biologen oder Chemiker mich zusammen gemixt.

Ein Fischdosenkind bin ich, nun ist es raus und nun gehe ich!"

„Kevin … Mensch, Kevin bleib, so kommst du mir nicht davon" …. und gerade konnte er ihn noch am Jackenärmel schnappen und festhalten.

„Das wollen wir doch erst noch klären, bevor du davonläufst." Ich weiß, was du mir mit der Fischdose sagen willst. Das ist für dich sicher ganz schwer zu verstehen und das Wort Fischdose, sollten wir das nicht erst mal streichen. Wie kommst du überhaupt auf dieses Wort?"

„Wenn Christoph und ich mit seinem Vater angeln gehen, rufen uns die Spaziergänger immer zu: Petri Heil! Ja, und die Schale, in der sie mich zusammengemischt haben, heißt: Petrischale"

„Also Petrischale hat mit Fisch überhaupt nichts zu tun, auch nicht mit dem Angeln. Diese Schale hat ihren Namen bekommen von einem deutschen Bakteriologen Namens Julius-Richard Petri, der diese Schale mal eingeführt hat.

„Petri Heil" hat seine Bedeutung bekommen von einem Jünger, der Fischer war, zu dem Jesu gesagt hat: „du sollst hinfort keine Fische mehr fangen, du sollst zum Menschenfischer werden, du sollst die Menschen sammeln in meinem Namen und ich will sie segnen."

„Hätte Gott nicht gewollt, dass es dich gibt, wärest du jetzt nicht hier. Egal wie, das Leben ist immer noch Gottes Sache, also auch deins. Warum es Gott uns manchmal schwer macht, weiß auch ich nicht so genau, vielleicht damit wir nicht in den Glauben verfallen, Gott wäre wie ein Kaugummiautomat. Oben ein Geldstück hinein, schon kommt unten ein Kaugummi heraus. Ein oder auch ein paar Gebete zum Himmel und schon wird jedweder Wunsch erfüllt, nein so geht das mit Gott nicht. Aber eins kannst du glauben Kevin, es werden nicht alle Gebetswünsche nach unserer Vorstellung erfüllt, aber alle Gebete, die du zu Gott schickst, werden von ihm wahrgenommen. Das ist so von Anfang an in seinem Konzept mit uns Menschen vorgesehen. Möchtest du nun, dass wir weitersprechen?"

„Ja, und dann möchte ich gleich wissen, warum der Rudolf nicht mein Vater werden sollte. Den habe ich so lieb und der mich auch. Ich würde doch wenigstens einen Vater haben, dazu echte Großeltern und nicht nur solche, die nur „sowie-als-ob"-richtige Großeltern zu mir sind, sondern eben solche, die echt meine Großeltern sind."

„Ja Kevin, so kannst du wohl fragen. Dem Rudolf geht es erst etwa 20 Jahre so gut. Es gibt jetzt Medikamente, die ihm so ein schönes Leben im geborgenen Kreis möglich machen. Als Kind hatte er schwere Anfälle und die haben jedes Mal ein wenig mehr in seinem Hirn zerstört. Darum hat er keine richtige Ausbildung machen können."

„Herr Pastor, Sie wissen wohl gar nicht, wie klug der ist. Neulich wollte ihn jemand reinlegen. Er kann ja alles zusammenzählen, sobald es keine doppelten Ziffern sind. Da hat ihn nun gestern so ein neunmalkluger Student gefragt, wie viel denn eine Kuh und ein Kalb sind. Der Opa wollte sich schon einmischen aber da hat ihn der Rudolf abgehalten und gesagt "selber" das ist sein großes Wort.   „Ja", hat Rudolf gesagt, „das ist doch ganz einfach, wenn wir im Frühjahr die Kuh mit ihrem Kalb auf die Weide bringen und sie im Herbst wieder reinholen, dann haben wir zwei Kühe. Nun staunste wohl was, oder haste gedacht nur du könnest rechnen?!" Ja, der Student hat gestaunt. Ich aber auch! Ja und Sie, was sagen Sie, Herr Pastor?" „Echt Rudolf"!

„Dennoch Kevin, sei froh, dass du so ein gesunder kluger Junge bist"

„Sagen Sie, Herr Pastor, kann ich so eine Bibel denn wohl bezahlen oder könnten Sie mir vielleicht eine leihen?"

„Ich könnte dir eine leihen, aber ich schenke dir eine. Wir schauen dann auch gleich noch, wo die Stelle mit dem Petrus steht. Matthäus 4, Vers 19 und dann wollen wir mal suchen, wo steht, was Jesus zu den Kindern gesagt hat. Es steht Markus 10,14."

Sie probten noch das Suchen in der Bibel und Kevin sagte bald „Tschüss; und ich freue mich schon auf das nächste Mal." Pfarrer Behrmann erkannte schnell beides: die Not des Jungen und seine Intelligenz.

Kevin war schon fast auf dem Flur, da rief ihn Pastor Behrmann zurück „Kevin, warte!

Du, mir ist ganz spontan ein toller Gedanke gekommen. Könnte es sein, dass nicht die Petrischale, fast hätte ich gesagt – Fischdose – das Wesentliche an deiner Geschichte ist, sondern wirklich und tatsächlich der Name Petri/Petrus. Eine deiner Mütter heißt Petra, dir ist der Name PETRI-Schale zum Lebensbegriff geworden. Zu Petrus hat Jesus ja nicht nur gesagt: „Du sollst hinfort Menschenfischer werden" es ist viel dramatischer, es war Petrus, der ihn dreimal verraten hat. Als Maria und Magdalena das Grab Jesu besuchten und sie ihn dort nicht fanden, hat der Engel gesagt „Fürchtet Euch nicht, er ist nicht hier, er ist auferstanden. Gehet hin und erzählt es den Jüngern, besonders aber PETRUS. Zu PETRUS hat Jesus gesagt

„Weide meine Herde." Apostelgeschichte (2), *Pfingsten ist es Petrus gewesen, der das Wort ergriffen hat um die Menschen aufzuklären,* dass sie nicht voll des Weines seien, als sie alle einander verstanden haben, ein jeder in seiner Sprache. Als seine Jünger im Boot vom Sturm bedroht waren und Jesus ihnen auf dem Wasser entgegenkam, war es wiederum Petrus, der ihn ansprach und als erster keine Angst hatte. Lies es zu Hause nach, Math. 14, 22-23. Könnte es nicht sein, dass du auch mal meinst, eine Aufgabe zu haben, nämlich vielleicht, den Menschen, wie dir zu helfen, im Leben zurechtzukommen. Du würdest sie verstehen. Du hast Mut und bist klug.

Beim nächsten Treffen, gehen wir alle Stellen, die von Petrus handeln, durch. Jetzt gehe nach Hause, grüß deine Älteren und ich freue mich auf unser nächstes Treffen."

Kevin ging sehr nachdenklich den Weg zu seinen Großälteren. Das mit dem Petrus ging ihm durch den Kopf. Es war was dran. Viel wichtiger aber war für ihn, vielleicht anfangen können, zu glauben, dass er für Gott genauso viel wert ist, wie jedes andere Kind auch und dass er bei ihm vorkommt, als richtiger Junge und nicht als Fischdosenjunge. Wenn das Leben immer Gottes Sache ist, dann musste es so sein. Wenn ihm das nun auch sein Großvater noch bestätigen würde, dann ist es nicht nur *„so-wie-als-ob"* sondern ganz *richtig* und ohne „Könnte und würde."

„Natürlich min Jung, is dat so, do geiht kain Wäg dron vorbie. Uns Herrgott hat dick leiv, dat kannst mie un den Paster glöbn und de Oma ward di dat ok glieks noch seggen und de wett dat alles noch veel besser als ick."

 Wenn der Opa platt sprach, dann ging es immer um eine wichtige Sache oder auch eine ganz Schwere.

Also stand es fest für ihn, er war Gottes Kind, nun musste er nur noch das Sprechen mit Gott lernen. „Jetzt wird alles gut", das wusste er.

Ja es schien für Kevin tatsächlich alles gut zu werden. Die Taufe war ein schönes und ergreifendes Erlebnis für ihn, seine Älteren und Großälteren geworden. Sein Taufspruch, den Pfarrer Behrmann mit seinen Älteren und Großälteren ausgesucht hat, war:

Ich habe dich

bei deinem Namen gerufen

du bist mein.

Fischdose und Petrischale, das zählte nicht mehr. Er war in der Obhut Gottes. Daran ging kein Weg vorbei, vor wem sollte er sich da noch fürchten.??!!

Viel Neues in Kevins Leben.

Kevin erlebte diesen Herbst wie im Taumel. Es war so viel los, auf dem Gymnasium und auch zu Hause. Petra und Marlis hatten nicht nur einen Computer gekauft, nein, sie machten auch noch den Führerschein. Die Fahrschule hatte einen Superpreis gemacht im Hinblick, dass in zwei Jahren auch er als Fahrschüler zu ihnen kommen würde. Christophs Vater hatte ihnen die Software von Birgits Fahrschule auf den Computer geladen. So saßen sie am Abend alle drei vor dem Kasten, fuhren und lernten um die Wette. Das war ein Riesenspaß. Oft war Kevin der klügere Schüler, auch dann, wenn er bei den richtigen Autofahrten hinten saß, sagte der Fahrlehrer manches Mal: „Mensch, Kevin, eigentlich könntest du den Führerschein gleich mitmachen." Aber er war ja noch nicht einmal 16 Jahre alt. Als die Älteren dann endlich den Führerschein in der Hand hatten, gingen sie auf Autosuche, ein Gebrauchtes natürlich, aber das war für alle in Ordnung. Opas alte Spritkutsche lief bei ihm schon über neun Jahre und dabei war er der Drittbesitzer. Opa hatte schon mal bei seinem Haus- und Hofhändler Ausschau gehalten und ihm einen Tausender da gelassen, wovon weder die Kinder noch Kevin etwas wissen sollten.

Nach der Ernte

Abends war in diesem Sommer richtig Remmidemmi auf Opas Hof. Der Acker wurde nach der Kornernte in diesem Jahr von den Fahrschülern gepflügt unter der Regie von Rudolf. Braun geworden, stark an Geist und Seele hat es dieser Sommer mit diesen sechs Menschen besonders gut gemeint. Opa und Oma Thiel lebten in diesen Sommer tatsächlich noch einmal ganz neu auf. Es war, als würden sie mit so viel Jugend auf ihrem Hof selbst wieder ein Stück jung werden.

Kevin feierte nun zum vierten Mal seinen Geburtstag auf dem Hof. Es war nicht so grandios wie die letzten drei Jahre und dennoch war es super für ihn und alle Anwesenden. Die Tante konnte fast gar nicht glauben, dass das ihr Kevin ist, den sie da mit den anderen herumtoben sah. Was war er ein stilles Kind gewesen, als er noch mit ihr im Wald die Bäume gezählt hat und Tierspuren zu erkennen bestrebt war. Doch sie war nicht eifersüchtig, war es doch eben ihr Kevin und ein Teil von ihm war auch ihr Anteil.

Birgit und Christoph waren nicht allein gekommen. Birgit hatte einen Festen und Christoph hatte ihm erzählt: „Du, ich glaube das mit Mona und mir wird auch mal was Festes." Da ergab es sich von selbst, dass er darüber nachdachte. Ob nicht auch er anfangen müsste, sich nach einer „Festen" umzusehen. Aber wirklich Lust darauf spürte er nicht. Das Leben war so schön, so rund. Er war konfirmiert mit überglücklichen Großälteren, einem seligen Rudolf und genauso glücklichen Älteren. Was war das Leben doch schön. Irgendwann würde er den Hof von Opa übernehmen und die Verantwortung für Rudolf. Das hatte er den Großälteren, dem Rudolf und vor allem sich selbst versprochen. Bis dahin musste er aber noch viel lernen. Er wollte ganz genau wissen, wie das ist mit Genmanipulation ist und welche Folgen sich daraus ergeben würden. Wie man genügend Lebensmittel erzeugen kann? Bio oder konventionell? So einfach, wie die Grünen sich das vorstellen, ist es jedenfalls nicht. Das wusste er schon lange. Natürlich hatte Opa nicht nur glücklichen „Boden." Ne, er hatte auch noch glücklichen Weizen und die Oma machte aus der Milch von den glücklichen Kühen Käse für glückliche Menschen. Dennoch es reichte nicht einmal richtig für sie. Ohne Subvention von der EU würden sie nicht leben können. Wie sollte dann aber die Weltbevölkerung bei glücklichen Kühen und glücklichem Weizen satt werden. Nein, das war alles viel komplexer und er wollte von Grund auf wissen, wie es gehen könnte und würde so lange studieren, bis er es weiß. Egal, was ihm über den Weg lief, es wurde für Kevin immer eine tiefgehende Denkaufgabe.

„Bah, war das ein Arbeitstag!" Verschwitzt, aber wenigstens mit frischem Gesicht und gewaschenen Händen saßen sie alle am Abendbrottisch. Oma hatte einen großen Schinken frisch angeschnitten und dazu zünftiges Brot gebacken, Rudolf hat für die Männer das Bier kaltgestellt und für die Frauen eine leckere Schorle aus Kaltendörfer Erdbeerwein.

„Dackel und Doria!" War das eine Wohltat und ein Vergnügen. Sie hatten geschuftet, alle miteinander. In der niedrigen Scheune war das Dreschen kein Wellness-Erlebnis. Das Korn hatte gut geschüttelt, das Stroh golden und duftend. Na, da mussten die Kühe und natürlich auch die Schweine ja glücklich werden. Aber jetzt waren erstmal sie selbst alle glücklich.

Als sie gut getrunken und gegessen hatten, satt und glücklich waren, hat sich der Opa mit seinem Lieblingsspruch zu Worte gemeldet.

„Das ist's ja, was den Menschen zieret und dazu ward ihm der Verstand,

dass er im Innern Herzen spüret,

was er erschafft mit seiner Hand"

„Na, ihr Abiturienten, wie ist es denn nun, wo kommt dieser Ausspruch vor und von wem ist er. Nix?! Na, da fragt mal eure Lehrer, was denn wohl ihre Werte sind, die sie euch in der Schule vermitteln wollen, unserer aller christlich abendländischen Werte, welche sind das denn?

Wer jünger ist als dreißig Jahre und mir heute Abend noch vor dem Schlafengehen die Antwort weiß, der ist von mir eingeladen, die erste Kutschfahrt nach der Ernte mit mir zu machen, er darf auch noch drei Gäste mitbringen!!"

Es war Lisa, die Glückliche: Sie sagte: „Ich glaube, es ist aus der Glocke und dann ist es natürlich von Schiller."

Das war richtig. Alle klatschten Applaus und freuten sich mit ihr. Nur Rudolf war traurig; die erste Kutschfahrt nach eingebrachter Ernte haben die Eltern immer mit ihm gemacht.

Na, wie konnte es anders kommen. Lisa hatte ein großes Herz von Natur aus und für Rudolf sowieso. Also durfte er mitfahren; er und Lisa mit ihren Eltern. Es war ein Riesenspaß und keine Fahrt mit einem Rolls Royce hätte dieses Vergnügen toppen können.

Der Winter hält Einzug.

Heute hat nun der erste Schnee die Landschaft in ein fast unschuldiges Weiß verwandelt. Auf dem Hof geht es ruhig zu und Oma überlegt schon, welche Plätzchen sie in diesem Jahr zu Weihnachten backen wird. Opa späht aus, wo er den knackigsten Keiler vor die Flinte bekommen kann. Wild am ersten Festtag und Gans am Zweiten ist Usus auf dem Hofe Thiel.

Kevin hingegen schlägt sich mit Mist und Gülle auf der Hochschule herum, theoretisch natürlich. Misten ist eben eine schwere Arbeit. Wer sollte sie machen. Also hatten die Berater vom Bauernberufsverband patente Lösungen parat. Erst kam der Kurzstand und dann das Güllepatent. Als Bauer Pattens im Nachbardorf einen herkömmlichen Stall für 60 Kühe zum Misten bauen wollte, hatte er nicht nur den Bauernverband gegen sich, sondern auch den eigenen Sohn.

„Vater, der Hof läuft schon drei Jahre auf meinem Namen und du wirst im August 70 Jahre alt. Wie lange willst du denn noch misten? Ich will es nicht und Bärbel, meine Frau, schließt sich der Frage an und ist mit mir einer Meinung." Der Vater aber fragte: „Wo willst du denn mit all der Gülle hin? 50 ha und 60 Kühe ist sowieso schon die Spitze. Willst du nur noch Mais und Raps anbauen? Das ist Mord für unseren guten Boden, für unser heiliges Land. Lieber haben Mutter und ich Brot und Sirup gegessen, wenn die Ernte schlecht war und wir deswegen ein Schwein weniger schlachten wollten, aber von unserem Land, das schon deine

Urgroßeltern bewirtschaftet haben, wurde kein Zentimeter verkauft. Jetzt soll der Boden nun mit Gülle krank gemacht werden. Nein, das kannst du dem Land nicht antun und uns auch nicht." Schließlich wurde es dann doch der Güllestall!

Kevin zerbrach sich auch hierüber seinen Kopf. Wenn der Mist so viel besser ist als die Gülle, dann muss eben ein Mistroboter her. Schon am Abend besprach er mit dem Christoph, wie das gehen könnte, es wäre doch sein Studienfach, Roboter zu bauen. Sie könnten es doch mit den Fischertechniksteinen probieren. Was sie mit 14 Jahren geschafft haben, würden sie doch jetzt mit 20 schon lange schaffen. Hatten sie nicht beide ein schönes Stück Geld für ihre Entwicklung bekommen? Ja, das hatten sie.

Dennoch, Christoph war nicht ganz bei der Sache. „Du, Kevin, Mona und ich suchen eine Wohnung."

„Wieso das denn, deine Eltern haben doch gerade erst für dich ausgebaut."

„Ja, aber Mona verträgt sich nicht mehr mit ihren Eltern und unser Ausbau ist für uns beide zu klein. Es passt ihren Eltern nicht, dass sie mit mir zusammen ist. Sie hatten sich etwas Besseres für Mona vorgestellt, da sie so viel Geld für ihre Bildung ausgegeben haben."

Das verstand Kevin nun überhaupt nicht, sie war ihr einziges echtes Kind, kein Fischdosen-Mädchen und auch keine Adoptivtochter. Petra und Marlis würden alles für ihn geben, wenn sie meinten, dass es ihn glücklich machen könnte. Ich bin doch gut dran, dachte er, wenn ich es nur immer glauben könnte. Immer wieder fehlte ihm ein Vater oder auch eine Schwester. Christoph lernte durch Birgit, wie Mädchen ticken. Und er? Von Petra und Marlis etwa, nee, die ticken wie Mütter aber nicht, wie eine Feste.

Also mit Gülle und Fischertechnik musste er alleine fertig werden und wieder war es nur der Opa, der ihm helfen konnte. So berieten sie die halbe Nacht und fanden doch keine Lösung für Gülle oder Mist.

Oma hingegen fand ganz andere Punkte wichtig. „Kevin, du bist ein hübscher und kluger junger Mann, wo bleiben die Mädchen, Freundinnen meine ich. Du willst neben dem Hof studieren und forschen, da brauchst du eine besonders tüchtige Frau. Davon gibt es aber nicht so viele, wenn du nicht langsam anfängst, dir was Festes zu suchen, schwimmen dir die besten Felle vor der Nase weg."

„Oma, du hast ja wohl recht. Aber mir ist noch keine über den Weg gelaufen, von der ich dachte, dass ich sie haben möchte. Ich bin aber wohl auch mit Mädchen zu ungeschickt."

„Aber mit Jungs hast du es doch wohl nicht, oder?"

„Was meinst du damit, Oma?"

„Na ja: Dass du es genau so machst, wie Marlis und Petra."

„Mach mir keine Angst Oma, das will ich nicht, das will ich unter gar keinen Umständen. Ich will eine richtige Familie und meine Kinder werden keine Fischdosenkinder, lieber bleibe ich Single, mach mir keine Angst, ich warne Dich." Schlug mit der Faust auf den Tisch und rannte davon.

Hatte er womöglich selbst Angst, ohne dass die Oma sie heraufbeschwören musste?

Nein, mit einem Jungen zu schmusen, oder gar sonst was anzustellen, hatte er nun wirklich keine Lust, aber etwas musste es doch sein, warum die Mädchen ihn nicht wirklich interessierten und er schien den Mädchen auch einerlei zu sein. Wenn er sich im Spiegel anschaute, stellte er nüchtern und zutreffend fest: dass er tatsächlich ein ganz hübscher Junge ist, mit den braunen Haaren und der schlanken Figur. Von wem er das wohl alles hatte? Und immer wieder diese Fischdose. Glaubte er nicht, dass Fischdose längst vorbei ist. Wieso tauchte sie immer wieder auf in seinen Gedanken. Er war doch Gottes Kind, ob Fischdose oder sonst wie in dieses Leben *hineingeliebt*. Ginge es doch endlich in seinen Kopf hinein und in sein Herz, das mit Kind Gottes. Es war aber auch überall so ein Chaos, die einen wussten nicht mal, wer oder was sie sein wollten und legten sich unters Messer, um zu werden, was sie wohl sein sollten. Was hatte Opa es gut, der sagte: „Alles Tünskram und wenn du solche Probleme auf der Uni serviert bekommst, dann bleib da weg"

Ja, manchmal dachte er genau das. Was war es beglückend, die Kühe von der grünen Weide zu holen oder den Acker für die neue Saat vorzubereiten. Davon hatte die gesamte Professorengilde keine Ahnung. Dennoch es hilft nichts, er musste studieren, er wollte wissen, wie das Leben tickt, die Schöpfung gestrickt ist und funktioniert, um danach zu handeln. Das konnte man aber nicht aus der hohlen Hand. Mit dem Leben so arglos und glücklich umgehen, das konnte nur Rudolf und Kevin musste, wie manches Mal, denken, wäre er denn so schlecht dran, zu sein wie Rudolf?: Ach, alles Quatsch, er ist gesund und muss Verantwortung übernehmen, wenn er glücklich sein will und womöglich sogar andere glücklich machen, dann musste er um so mehr wissen und können.

Kevin bereitet sich auf die *Grüne Woche* vor

Es war eine ruhige Zeit auf dem Hof, die Arbeit gut zu schaffen und Rudolf genoss es, mit dem Vater an den Maschinen herumzuwerkeln, damit sie für das nächste Jahr wieder flott sind. Nach der Arbeit kamen auch oft Petra und Marlis. Das war für alle eine besonders reiche Zeit, sie hatten so viele Jahre getrennt verlebt und war Kevin dabei, fühlte er sich durch diese Stunden von Mal zu Mal „Enkel-licher", um es in seinem Sprachjargon auszudrücken. Darüber hinaus war er damit beschäftigt, sich für die Grüne Woche in Berlin fit zu machen. Wie es wohl werden würde auf der Grünen Woche? Schon die Bahnfahrt dahin. Es war so weit. Noch niemals war er mit der Bahn so eine lange Strecke gefahren. Er war fast grenzenlos neugierig. Ja, direkt heißhungrig auf Wissen, auf Austausch mit anderen. Würde er junge Bauern kennen lernen, die schon einen Hof bewirtschafteten, die etwas sagen könnten zu Mist und Gülle, zu Bio und konventioneller Bewirtschaftung.?

Den ersten jungen Bauern lernte er schon gleich im Zuge kennen. Der war ganz anderer Meinung. Der erzählte ihm: "Wissen Sie, ich werde den Hof wohl kaum übernehmen. Was hätte ich davon? Nur Arbeit! Weder Freizeit noch Geld. Was meinen sie, wie gut es meinen Freunden geht, die arbeiten bei Beyer, fahren einen großen Schlitten und im Jahr 30 Tage bezahlten Urlaub. Wir hingegen arbeiten rund um die Uhr, sind die Bösewichter der Nation, weil wir die Luft verpesten mit unseren Kühen und auf gutem Boden Raps anbauen für Sprit, obwohl Millionen Menschen hungern. Ne, wissen Sie, Buhmann der Nation zu sein, dafür ist mir mein Leben zu schade. Hartz-IV Empfänger sollte man werden, da ist man für gar nichts verantwortlich, sei denn, man kauft bei KiK, dann nämlich wäre man auch noch schuld, wenn in China die Arbeiter ausgebeutet werden. Ich frage mich sowieso, wer wen ausbeutet: Ich die Chinesenfrauen, wenn ich bei KiK kaufe oder unsere deutsche Bevölkerung uns, mit dem Liter Milch für 49 Cent."

Kevin war außer Atem vom Zuhören, ohne Punkt und Komma hatte sich dieser Hoferbe seinen Frust von der Seele geredet. Zum Glück stiegen neue Mitfahrer ein. Er hatte schon Angst, sich diesen Frust bis Berlin anhören zu müssen und das wären noch zwei geschlagene Stunden gewesen.

Von den neuen Fahrgästen hat sich eine hübsche junge Frau direkt Kevin gegenüber einen Platz ausgesucht. An ihren Händen, die zwar sauber und ordentlich waren, merkte er dennoch, dass es Arbeitshände sind. Fast freute ihn diese Erkenntnis. Aber das Wort und die Unterhaltung rissen erst mal die anderen neu eingestiegenen Fahrgäste an sich. Das aber war noch krasser. Sie waren außer sich. Es ging um einen Artikel in ihrer Tageszeitung. Da hatte doch der Pfarrer ihrer Gemeinde nicht nur ein Homopärchen gesegnet. Nein, getraut hat er sie, und ihnen auch noch mitgeteilt, dass sie die Pfarrstelle in der nächsten Kleinstadt antreten könnten. „Was meint denn wohl unsere evangelische Kirche, was sie noch alles anstellen will, um die letzten paar Mitglieder zu behalten. Jede Woche findet in unserer Kirche etwas anderes statt, nur von Gott oder Jesus Christus ist kaum was zu hören."

„Als die eine Frau ihren Sohn gefragt hat, was denn wohl Pfingsten los wäre, da hat er zurückgefragt: „Bei uns? Heute oder früher?" „Heute"! wollte sie von ihm wissen."

„Heute ist das so, dass wir alle einen freien geschützten Arbeitstag haben und dass wir alle eine Kirche sind. Wir haben alle den gleichen Gott – wenn es denn überhaupt einen gibt – und ansonsten verstehen wir uns alle prächtig. Alles hat bei uns Platz, die Moscheen genauso wie unsere Kirchen oder die Gebetshäuser anderer Religionen, Fußballstadien und die Übungsplätze für die Schäferhunde. Wenn die Schäferhunde auf dem Übungsplatz bellen, stört das die Nachbarn nicht so stark, wie das Gebimmel der Kirchenglocken, schon um 9.00 Uhr am Sonntagmorgen."

Da hat einer der Mitreisenden aber einen Punkt gesetzt zu diesem religiösen Multikulti und das Gespräch mit einem kategorischen „Schluss!" der Diskussion ein Ende gemacht.

Da war Sendepause. Das war auch gut so.

Kevin sah sich nun erst mal in aller Ruhe die vorbeirauschende Landschaft an, und fand sie, obgleich Winter und kein Schnee, reizvoll. Von Gesprächen und Unterhaltungen hatte er die Nase voll. Ließ es sich machen, warf er auch mal unbemerkt einen Blick auf sein sympathisches Gegenüber. Ja, das war auch einen Blick wert und er wunderte sich über sich selbst und war fast ein wenig getröstet, wenn er an die Frage von Oma dachte. Nein, mit Männern hatte er es nicht, sei denn mit einer richtigen Männerfreundschaft wie der mit Christoph, die hielt nun schon über 15 Jahre. Aber Zärtlichkeiten auszutauschen war ihnen nun wirklich noch nicht in den Sinn gekommen. Noch zumal Christoph ja schon eine feste Freundin hatte. Im Übrigen ein hübsches und liebenswertes Mädchen. Eines, das ihm vielleicht auch gefallen hätte. Sie hatten das Mädchen beide in der Mensa kennen gelernt und wie immer, ging er bei diesen Begebenheiten leer aus.

Wo immer er sich wann befand, sein Dilemma begleitete ihn.

„Fahre ohne deine Probleme, Kevin, mein Junge" drückte ihm einen Fünfziger in die Hand und wünschte ihm gute Reise, der Opa – natürlich. Petra und Marlis begleiteten ihn auch mit allen ihren guten Wünschen, selbst Pfarrer Behrmann rief ihm zu: „Kevin, eine gute Reise und Gott mit dir" als sie einander kurz vor dem Bahnhof sahen.

Nun lag er in seinem Hotelbett und dachte an die junge Frau von gegenüber im Zug. Es waren gute Gedanken. Vielleicht sogar Wünsche. So schlief er in diesem Bett ein und dachte gerade noch daran, dass Lisa gesagt hatte: „Du weißt ja Kevin, was man in der ersten Nacht in einem fremden Bett träumt, wird wahr."

Er träumte, dass er mit ihr am Smoothie-Stand steht und nicht wusste, was er ihr sagen soll und dachte beim Aufwachen, das musste ich nicht erst träumen, das war schon mehr als einmal Realität. Nur hat es ihm bis jetzt nicht viel ausgemacht. Bei dieser jungen Frau würde er nun aber wirklich gerne wissen, wie er sich mit ihr unterhalten könnte.

Auf der *Grünen Woche* in Berlin

Schon am Morgen, noch ehe er seinen Messerundgang richtig begonnen hatte, lief sie ihm unerwartet über den Weg.

„Schön guten Morgen, sind sie auch Frühaufsteher, außer uns sind noch nicht viele unterwegs. Haben Sie auch so gut geschlafen wie ich? Hätte meine Zimmerwirtin nicht tüchtig an die Tür geklopft, um mich zu wecken, wäre ich hier sicher erst zu Mittag aufgekreuzt"

Als erstes dachte Kevin: „Reden auf dieser Reise denn alle ohne Punkt und Komma" und sagte dann noch genauso schnell: „Danke, ja, ich habe gut geschlafen. Im Übrigen: Ich heiße Kevin, wenn es ihnen recht ist, mein Nachname ist nämlich so lang, also: ganz genau Kevin Thiel-Möller."

„Aha, na so lang ist er ja nun auch nicht, ich heiße: Imke Jansen, nun wissen Sie auch gleich, dass ich in Ostfriesland wurzele. In München würde kein Mädchen Imke heißen."

„Imke" sagte er, ein schöner fraulicher Name und dachte im gleichen Atemzug, hoffentlich ist sie nicht auf dem Selbstverwirklichungstrip, dann hätte er mit seinem ersten ganzen Satz schon wieder alles verloren.

Sei es wie es will, bei dieser Frau möchte er nicht verlieren. Er möchte gewinnen und weiß selbst nicht richtig, warum.

„Hätten Sie Lust Imke, mit mir zu den Geflügelzüchtern zu kommen? Bei denen sollen heute ein paar tausend kleine

Küken schlüpfen. Ich habe schon eine Kuh kalben gesehen, eine Stute fohlen und selbst einer Sau beim ferkeln zugeschaut, aber Küken habe ich noch nicht schlüpfen gesehen."

Als sie an dem Stand ankamen, stand dort schon eine Gruppe jüngerer Menschen auf deren T-Shirt stand: „Keine Küken zum Zerschreddern"!! Es schlüpfte auch kein Küken. Der Stand hatte gar nicht erst geöffnet. „Kevin, wissen Sie, was das zu bedeuten hat"? „Nein, keine Ahnung"!

„Erklären Sie uns doch bitte, was ihr Auftritt hier zu bedeuten hat und vielleicht wissen sie ja auch, warum dieser Stand nicht geöffnet hat."

„Warum? Weil sein Inhaber alle kleinen männlichen Küken sofort in den Schredder wirft, weil sie nicht gewinnbringend sind, sie legen keine Eier und Fleisch setzt diese Züchtung von Hühnern auch nicht an. Also ab in den Schredder. Mehr als zehntausend Jahr für Jahr. Das wussten Sie nicht, dann wurde es aber Zeit, dass wir Ihnen die Augen geöffnet haben." Ja, und aus diesem Grunde haben wir verhindert, dass er seinen Stand öffnen kann!"

Imke hatte alle Farbe aus dem Gesicht verloren und Kevin war scharlachrot angelaufen. Sie konnten nicht glauben, was ihnen diese Leute berichteten. Sie waren total erschlagen, dass sie das nicht wussten, wo sie doch beide es unter anderem auch mit Federvieh zu tun hatten, jede Woche doch wohl mehr als ein Ei aßen und sich manchmal vom Geflügelwagen einen Hähnchenschenkel holten oder wie es in der üblichen Sprache etwas burschikos hieß, einen halben Gummiadler. Jetzt das hier. Sie konnten es nicht fassen.

„Imke, haben Sie Lust, mit mir erst mal ein paar Schritte gemeinsam am Rande der Ausstellung zu gehen. Man muss ja seine Gedanken ganz neu sortieren."

„Ja, gerne, Kevin. Ich arbeite als Familienhelferin, sie glauben nicht, was Sie alles erleben in den einzelnen Familien. Ganz fehlende Väter und eine Menge „Manchmal"-Väter zum Eisessen oder so. Mütter fehlen aus naturgegebenen Umständen eher selten, dennoch bei ihren Kindern sind sie die meiste Zeit auch nicht. Entweder müssen sie den Lebensunterhalt für sich und die Kinder herbeischaffen oder sie befinden sich auf einem Selbstverwirklichungskurs. Wir machen uns Sorgen wegen der Rentner- und Kinderarmut. Das sind doch die geringsten Probleme, Lappalien! Die wurzellose Generation, die da heranwächst, ist das Problem, Singles, die keine Geschwister haben, keine Familienbindung und keine Familienverantwortung kennen gelernt haben. Die Geldbörsen der Altgewordenen, der Dementen und sonst wie Altersgeplagten zu füllen, wird zu schaffen sein. Ja, und nicht nur die Altgewordenen werden das Problem sein, nein die, die diese Probleme einmal lösen müssen, sind ja selbst das Problem. Burnout-belastet, entstanden aus dem modernen narzisstischem Lebenshunger, der mit der tollsten Ernährung nicht zu stillen ist, nicht vegan und nicht vegetarisch, auch nicht biologisch. Ja, und diese Gesellschaft sind wir. Und weil wir sind, wie wir sind, verfolgt uns die Angst, dass wir an unserem Leben letztendlich schmählich scheitern."

Und tausende von Küken dürfen nicht mal piepen – geschlüpft und ab in den Schredder?!?

„Ja, es steht alles Kopf. Was gut ist, wird veralbert. Gutmensch zu sein, heißt schon Versager zu sein, nämlich Schwächling! Es bedeutet das Gleiche wie Warmduscher. Es tut mir leid, ich dusche nur warm, wenn ich auch des Morgens mal eben gern in den Aarsee springe und ein Gutmensch wäre ich lieber als ein Bösmensch, wenn ich natürlich schon verstehe, was gemeint ist. Gut sein aus Bequemlichkeit. Aber benutzt wird dieses Wort oft sehr anders. Doch wollen wir nicht mal schönere Themen und Gedanken austauschen?"

„Ja, sie haben recht. Es ist Frühstückszeit, wie wäre es mit einem Fischbrötchen, Sardinen frisch und nicht aus der Fischdose?"

„*Fischdose*, schon wieder Fischdose" dachte Kevin „diese verdammte Fischdose, hört das denn doch nie mehr auf ??!!"

Es zitterten ihm die Lippen und fast sein ganzer Körper.

Es entging Imke nicht und sie sagte: "Ach ne, lieber ein richtiges Graubrot mit Schmalz." Aber einen Reim konnte sie sich nicht darauf machen, was gerade mit Kevin vorgegangen war. Sie zeigte auf einen Tisch, der leer war und deutete ihm an, dass er sich doch setzen möge. Sie ging weiter mit der Bemerkung, essen ist Frauensache und kam schnell zurück mit duftendem Brot, darauf köstliches Schmalz und gebräunte Zwiebeln. Auf die Fischdose kam sie zu Kevins großer Erleichterung nicht zu sprechen. Nachdem sie sich gut gestärkt und Kevin die Fischdose mit viel Kraft heruntergeschluckt hatte, setzten sie ihren Rundgang fort. Es gab viel zu sehen und viel zu kosten: Es wurde ihnen erklärt, wie sich das mit den Königinnen bei den Bienen verhält und sie probierten den neuesten Joghurt, roter Pfeffer mit Melone, na, das war ja nun wirklich mal ein grandioses Geschmackserlebnis und wurde somit hoch dekoriert. Genauso hoch dekoriert wurde die schönste Kuh, die typisch schwarz-weiße deutsche Rasse. Darüber freuten sich beide und Kevin erzählte von der Freude seines Opas an einer *bunten* Kuhherde. Imke antwortete darauf: „Ja, unsere wird auch mal bunt sein, nicht wahr." Nebenher überlegte Kevin sehr ernst, was Imke denn wohl gemeint haben könnte mit: „Unsere Herde wird auch mal bunt sein, nicht wahr?!"

Es war inzwischen richtig Abend geworden und als ihnen der Rhythmus der Festdisco entgegenschlug, fragte Imke "Können Sie auch Disco"? „Nicht viel" und schon zog sie ihn in das laute Treiben der Disco und sie ließen sich treiben. Welch ein Spaß und welche Erholung für ihren Geist nach den schweren Gedanken während des Messerundgangs. Richtig los ging es aber erst, als die beiden schon den Abflug starteten, zu ihren getrennten Landeplätzen. Es war ein schöner Tag mit viel Tiefgang und manchem Lachen. Als Kevin gute Nacht wünschte mit der Frage: „Bis Morgen?" antwortete sie mit einem sparsamen Kuss auf seine Wange und verschwand.

Kevin ging langsamen Schrittes seiner Pension entgegen und jeder Schritt war eine Frage, nämlich die: Ist dies hier alles ein Spiel oder der Beginn einer Zukunft? Opa war weit weg, auch Christoph. Aber was hätte er sie auch fragen sollen. Als er im Bett lag und es ihm in der Magengegend rumorte, überlegte er: „Sind das nun die berühmten Schmetterlinge oder ist mir das Vielerlei der Häppchen und Happen nicht bekommen?" Schmetterlinge waren es wohl eher nicht, die ihm zu schaffen machten. Für Schmetterlinge boten die Seelen dieser beiden jungen Menschen keine guten Landeplätze. Dennoch beide spürten, er und Imke, dass da etwas auf sie zukommt, dem sie gerne ihre Seelen öffnen würden. Sie hatten immer Lust aufs Freuen gehabt, aufs Lachen. Doch immer lief ihnen etwas über den Weg, das ihnen die Freude raubte. War es bei Kevin der Umstand seiner Geburt und dass er zwar überaus liebenswerte Ältere hatte aber eben keine echten Eltern, wie man sie eigentlich haben sollte. Imke hingegen konnte sich nicht von ihrer Arbeit distanzieren. Sie schleppte die Probleme aller Familien, die sie zu betreuen hatte, auf ihrer eigenen Seele mit sich herum.

Bei ihren Eltern kam Imke damit nicht gut an, die sagten „Selbst schuld, hättest studieren und Apothekerin werden können." Noch besser sogar, der Sohn vom Ackernachbarn machte ihr mehr als nur verliebte Augen und seine Eltern waren ganz verrückt darauf, sie als Schwiegertochter zu bekommen. Sie aber musste ihrem Helfersyndrom nachkommen und an anderen gut machen, dass sie selbst in so außerordentlich komfortablen Verhältnissen lebten. Imke war aus der Reihe geschlagen. Zum Glück kam ihr Sohn nach ihnen. Der hatte ein ordentliches Verhältnis zum Wohlstand und war äußerst bestrebt, den nicht nur zu halten, sondern zu mehren. Ein schlechtes Gewissen hatte er deswegen nicht. Er zahlte mit seinem Betrieb alleine mehr Steuern als alle anderen im Dorf zusammen. Wer sorgte denn dafür, dass die Schule renoviert werden konnte und der Radweg zur Schule konnte auch nur eingerichtet werden, weil Leute, wie er und seine Familie mit Hand und Verstand was leisteten. Wenn seine Schwester mit ihrem Helfersyndrom glücklich ist, hat

er auch damit kein Problem. Hat er nicht erst neulich ihr zuliebe zwei Kindern aus einer vaterlosen Familie komplett die
Ferien finanziert, einschließlich neuer Klamotten. Abgesehen von dem Allen, er liebte seine kleine Schwester abgöttisch, einschließlich ihres großen Herzens.

Annäherung auf der *Grünen Woche*.

Ja, so waren sie, diese beiden jungen Menschen, die sich auf der *Grünen Woche* per Zufall begegneten. Sie trugen nicht nur an ihren eigenen Problemen, nein, die Ungereimtheiten der ganzen Welt wollten sie reimen und meinten manchmal, dass sie das auch könnten. Eigentlich würden sie gern zu dem großen Walnussbaum gehen, unter dem es sich so gut reden ließ, aber müssten sie nicht noch die Vorträge hören, den einen über Genmanipulation in Fauna und Flora und den über TTIP. Kevin wollte und sollte darüber ja auch auf der Uni referieren. Außerdem erwartete Opa Neuigkeiten von der Ausstellung. So gingen sie zu beiden Vorträgen und Kevin diskutierte heiß mit.

„Wir können uns nicht gegen die Genmanipulation stellen, denn die kommt und dann müssen wir wissen, auf was wir uns da einlassen. Es bleibt uns nur die Wahl zwischen Pest und Cholera, so jedenfalls läuft hier die Diskussion. Müssten wir denn nicht vielleicht dankbar sein, dass wir Produkte entwickeln können, die von selbst Schädlinge und Sonstiges abweisen. Die Sichtweise, dass hier wieder nur die großen Konzerne der Pharmaindustrie verdienen, darf uns nicht leiten, dann handeln wir unsachgemäß und das können wir uns nun wirklich nicht leisten. Wir müssen forschen und lernen, wie wir das hinkriegen mit unseren Äckern und der Natur überhaupt. In Wahrheit und Sachlichkeit!"

Von Buhrufen und Gegenargumenten ließ er sich nicht einschüchtern.

Wie etwa: „sagen sie mal, sie junger Spund, bewirtschaften Sie überhaupt schon einen eigenen Betrieb oder sind Sie wohlmöglich als Agent der Pharmaindustrie hier. Bekennen Sie erst einmal Farbe, wer und was Sie sind."

„Ich bin Student im dritten Semester, BWL und Agrarwissenschaft. Später werde ich wohl mal den Hof meines Opas übernehmen."

„Na, das ist ja lustig. Noch nichts auf die Schüppe gebracht und dann hier große Töne schwingen, nee, nee Junge so läuft das nicht. Meine Damen und Herren, ich schließe als Vertrauensmann unseres Berufsringes hiermit die Versammlung"!

„Einverstanden, Gegenstimmen. Keine?!

„Also, alles klar, gönnen wir uns jetzt im Zelt ein kühles Helles und diskutieren in Ruhe auf Augenhöhe weiter."

Zwei gestandene Männer haben sich beim Verlassen der Versammlung aber doch noch an ihn gewandt mit den Worten:

"Machen Sie weiter so, junger Freund,

Sie haben nicht nur Mut, Sie wissen auch wovon sie reden. Ihr Opa kann sich freuen, dass er so einen würdigen Nachfolger bekommt. Wenn ihr Opa Oskar Thiel ist, dann grüßen Sie ihn mal herzlich von Emil Wiechmann." Zog die Mütze und verschwand mit den anderen zusammen in der Menge.

Wenigstens zum Schluss doch noch ein zustimmendes Ergebnis.

Imke hatte sich nur den halben Vortrag über die Genmanipulation angehört und war während des anderen Teils zu einem über Geschlechtergerechtigkeit gegangen. In diesem Vortrag ging es noch heißer her als in dem über Genmanipulation.

Sie führte sich gleich schlecht ein mit dem Ausspruch „Geschlechtergerecht ist, sein zu dürfen, was man ist, nämlich Mann oder Frau! Alles andere ist wider die Natur und kann darum niemals wirklich passen. Fast täglich erlebe ich in meinem Beruf, was es bedeutet, wenn man alles auf den Kopf stellt. Kinder, die ihre Väter nicht kennen. Homo/Lesbenverbindungen und die Kinder mögen sich nicht dazu bekennen, weil sie es oft genug gar nicht verstehen. Das Leben ist kein Wunschkonzert, in dem man gleichzeitig alles haben kann und das möglichst sofort und ohne Anstrengung. Wenn zwei Menschen meinen, dass sie einen gleichgeschlechtlichen Partner lieben und so zusammen leben möchten, verurteile ich das nicht. Nur Kinder sollten sie nicht auch noch haben wollen, adoptieren dürfen oder auf anderem modernen Wege zu ermöglichen versuchen." Drei oder vier Teilnehmer stimmten ihr zwar leise zu. Die große Mehrheit allerdings war außer sich vor Empörung. In der Hauptsache Frauen. Als dann noch die Tafeln in die Diskussion gerieten, war es mit ihrer Geduld total vorbei.

„Unsere Kinder brauchen keine gespendeten und zusammen gescharrten Lebensmittel. Sie brauchen die Zeit ihrer Eltern, den Vater und die Mutter. Sprechen Sie mal mit Kindern, die sonntags in den Zügen unterwegs sind. Riesen-schmusetiere im Arm und Augen so traurig, als würden sie das gesamte Elend ihrer Generation schon erlebt haben."

„Mensch, hören Sie doch auf mit Ihrer Lamentiererei. Haben Sie überhaupt schon ein eigenes Kind. Woher wollen sie denn wissen, wie es den Kindern in den Zügen geht, die meisten sind so selbstständig, wie es die aus den „Heim-chen-am-Herd-Mütter"-Familien wahrscheinlich nie wer-den."

„Nein, ich habe noch keine eigenen Kinder. Ich bin Fa-milienhelferin und springe immer ein, wenn Not in der Fa-milie ist, weil die Mutter im Krankenhaus oder zum Beispiel ganz weggelaufen ist. Väter gibt es oft genug gar nicht für diese Kinder. Entweder weil die Eltern geschieden sind oder getrennt leben. Viele Kinder, die überhaupt keinen Vater zu Gesicht bekommen oder erleben. Sie haben nur Geschichten von ihren Vätern und alle sind sie Piloten, Weltraumsegler oder sonst was Tolles, nur dass sie leider alle tot sind. Ken-nen Sie vielleicht ein Kind, dessen Supervater sich als *nicht-vorhanden* entpuppt, von dem die Mutter noch nicht einmal den Namen weiß und keine Menschenseele diesem Kind sa-gen kann, wie und wer sein Vater wirklich ist oder war. Er muss doch gar kein gewissenloser Rowdy sein, vielleicht weiß er doch gar nichts von den Folgen der heißen Schützen-festnacht. Ich kann dieses Kind so wenig trösten, dass es mir selbst weh tut. Zur Tafel geht es nicht mehr, weil sein Freund zu ihm gesagt hat: „Kratz doch deinen tollen Vater an, du Bastard, statt den Kindern hier das Brot vor der Nase weg-zuputzen." Sagen Sie mir, wie ich dieses Kind trösten soll und was der Mutter sagen, wenn ihr der Sohn sagt: „Elf Jahre hast du mich angelogen, was soll ich denn noch glauben"!?

Ja, was soll dieses Kind denn wirklich und überhaupt noch glauben? Sagen Sie es mir, dann gebe ich die Antwort weiter.

Darum spende ich nicht für die Tafel, weil sie die wirklichen Probleme der Kinder nur vertuscht. So, ich habe gesagt was zu sagen ich hatte, hier und jetzt. Nur das alles noch viel komplexer ist. Aber das kann man hier heute Abend auch nicht mehr lösen." Stand auf und ging.

Es war inzwischen lange nach 21.oo Uhr. Beide brauchten sich beim anderen nicht zu entschuldigen, denn sie waren beide zu spät und es war fast schon ein Wunder, dass sie beide zu spät zur verabredeten Stelle kamen und doch keiner auf den anderen warten musste. Hand in Hand gingen beide zur Würstchenbude und das so selbstverständlich, als wäre das schon lange so.

„Imke, wollen wir uns denn wiedersehen, wenn wir zu Hause sind?"

Ja, nichts anderes wollte sie, als diesen Jungen wiedersehen, wenn sie zu Hause sind und das immer und immer wieder, wenn er das doch auch nur wollte. „Ja, Kevin, wenn du nur willst, immer und immer wieder." „Mensch, Imke", spontan nahm er sie in seine Arme. „Imke, Imke, ich bin so glücklich, so wahnsinnig glücklich, dass ich dich gefunden habe und nie mehr loslassen möchte."

„Bevor wir jetzt weiterreden, muss ich aber erst noch ein schweres Stück Arbeit bei dir vollbringen – magst du noch ein Stück mit mir laufen?"

„Also Imke, wie soll ich beginnen damit du mich nicht wegschickst, bevor ich überhaupt richtig begonnen habe, dir zu erzählen, warum es mich überhaupt gibt. – Ich bin ein Fischdosenjunge, Petra und Marlis haben den lieben Gott ausgetrickst mittels einem Samenspender und einer Leihmutter." Nun ist es raus!!

Er hatte gar nicht gemerkt, dass Imke abrupt stehen geblieben war und er mit.

„Imke, Imke, sag was, um alles in der Welt sag was."

„Ich weiß doch aber nicht was, nicht was, es ist so ungeheuerlich, so nicht zu fassen."

„Schickst du mich jetzt weg, sag, schickst du mich jetzt weg?"

„Nein, nein Kevin, nein und noch mal nein!" ließ sich in seine Arme fallen und weinte so erschütternd und laut, dass Kevin ganz und gar hilflos war, er konnte nichts sagen. Als sie aber wieder einen Fuß vor den anderen setzten und sich etwas zu fassen begannen, erzählte er ihr seine ganze Geschichte. Begonnen mit Petra, die wegen Rudolf nicht zu Hause bleiben konnte und von Marlis, die ihre Eltern nie kennen gelernt hat und nur in Kinderheimen aufgewachsen ist. Wie er getauft worden ist, zusammen mit seinen Älteren. Von der Freundschaft mit Christoph und von der Tante mit ihrer schönen weichen Stimme und der Geborgenheit, die er bei ihr empfunden hat. Schließlich auch noch, wie aus der

Petrischale, diese verdammte Fischdose geworden ist, die er einfach nicht aus seinem Kopf herausbekommen kann.

Als er Zu Ende erzählt hatte, machte sich schon der junge neue Tag auf den Weg und als Imke sagte „Kevin, es ist eine ungeheuerliche Geschichte, etwas anderes fällt mir erst mal nicht ein, aber ich habe dich wohl wirklich schon ein dickes Stück lieb, das habe ich jetzt bei deinem Fischdosengeständnis gefühlt, ganz tief drinnen. Von einer Minute zur anderen habe ich gedacht, hoffentlich kommt nicht noch irgendetwas, um dessentwillen, ich nicht bei ihm bleiben kann. Aber ich kann bleiben, bei dir bleiben, muss nicht gehen. Wir können bleiben, zusammenbleiben, heute und für immer, Kevin, in allen guten und bösen Tagen."

Kevin riss sie an sich, wie er im Leben noch nichts an sich genommen hatte, um es zu behalten. Er spürte, dieses war der Moment, auf den er immer gewartet hatte, wie es in der Bibel steht oder in der Glocke, er war sich nicht sicher. Er wusste nur diesen einen Satz: Dass sie ein Fleisch werden, ja ein Fleisch er und Imke.

Als sie in die Realität zurückkehrten, wussten sie gar nicht, wo sie während des langen Geständnisses von Kevin gelandet waren und hatten alle Mühe, zu ihren Schlafstätten zurückzufinden. Geschlafen haben sie sowieso nicht mehr. Nur die Sachen gepackt, mit ihren freundlichen Herbergseltern noch ein paar Worte gewechselt, versprochen, dass sie auf der nächsten Messe wieder bei ihnen Quartier nehmen würden und wenn alles gut ginge, wären sie dann vielleicht sogar verheiratet.

Ja er hatte auf dieser Messe die Frau seines Lebens kennen gelernt. Dicke Umarmungen und eine Flasche Berliner Weiße für Oma und Opa.

Auf Wiedersehen Berlin. Auf Wiedersehen *Grüne Woche*!!!

Wieder daheim.

Sie hatten Glück mit ihrem Platz im Fahrradabteil des Zuges. Es ließ sich kein Schaffner blicken, der sie in ein anderes Abteil schicken wollte. So konnten sie reden, reden wie sie alles machen würden zu Hause. Ein paar Wochen wollten sie es für sich haben und niemanden etwas von ihrem Glück erzählen. Fest verabreden wollten sie sich für einmal in der Woche, solange es kalt war in dem kleinen Café an der Uni-Ecke. Bei ihrem ersten Treffen, noch während der Geschäftszeit kauften sie sich beide ihr erstes Handy. Werner, Imkes Bruder, ahnte, was dahinter steckt, behielt es aber für sich. Immer wieder hatte sie Ärger mit dem Sozialverband, weil Imke sich kein Handy anschaffen wollte. Sie aber sagte, „wenn ich meinen Dienst gut machen will, brauche ich auch meine Ruhe und wenn es irgendwo schwierig ist, schlafe ich ohnehin in der Familie, wo die Schwierigkeiten sind."

Ihre eigenen Familien waren froh, als sie ihre beiden Weltreisenden glücklich wieder am Tisch sitzen hatten und alle freuten sich über die kleinen Mitbringsel, am meisten aber Rudolf, der hatte ja auch das Größte bekommen. Eine grüne Latzhose mit einem Logo von *Claas*. Er ging damit ins Bett und war darum schon mit den Hühnern schlafen gegangen. Eben ein Kindskopp, die Oma hatte schon recht, aber ein ganz, ganz liebenswerter.

Einfach zum Knuddeln, sagte Lisa immer.

Opa hörte gespannt zu, was Kevin alles zu erzählen hatte, auch die Geschichte mit den Kühen, besonders die. Würde es ihren Ammenkühen denn tatsächlich so gut gehen, weil das Grünfutter so viel besser war und auch die Kälber, die waren doch eine Augenweide. Der Tierarzt sagte oft: „Hätten alle Bauern so gesunde Viecher wie Sie, würde ich Hartz IV-Empfänger werden müssen! Der Opa hatte es in der Hauptsache auf die frische Luft geschoben, dass aber auch das Graß so viel dazu beiträgt, war ihm nicht so bewusst. Wie gut, dass der Kevin das nun alles studierte. Wenn er bloß lange genug leben würde, um das alles auch noch mitzuerleben. Oma war aber enttäuscht, denn von einem Mädchen, das er da mal kennen gelernt hätte, hat er leider nichts erzählt.

Kevin und Imke.

Es war noch nicht Frühjahr, dennoch auf Ostern ging es schon zu. Sie hatten viele schöne Stunden erlebt, der Kevin und die Imke. Nur es ihren Familien zu erzählen, hatten sie noch immer nicht die Gelegenheit gefunden. Imke wusste, dass ihre Eltern über diese Verbindung nicht glücklich sein würden. Kevin war es immer, als würde er das alles noch nicht glauben, als könnte noch etwas dazwischen kommen.

Das „Etwas" kam per Telefon, ganz simpel hat es geklingelt. Nur gut, dass er alleine zu Hause war.

„Kevin,"

„Thiel-Möller" meldete sich am anderen Ende der Leitung fragend eine Stimme – „Ja" – „Dann würde ich Sie gerne sprechen. In einer halben Stunde in dem kleinen Eckcafé, das Sie ja kennen. Ich bin gerade in Ihrer Stadt und muss morgen wieder abreisen. Ich bin übrigens Micha Jobst."

Er legte auf, ohne dass Kevin noch etwas sagen oder fragen konnte.

Dennoch, Kevin stieg in sein Auto und fuhr zu dem Eckcafé und dachte unser – Eckcafé –. Darin hat sich mit mir oder Imke niemand zu treffen. So hatten sie es abgemacht und nun bricht er schon jetzt sein Wort, sollte er reingehen und sagen „Nicht hier. Dieser Platz gehört nur Imke und mir."

Aber als er den ersten Blick in den Raum gewagt hatte und am letzten Tisch der Fensterreihe den jungen Mann mit den braunen Haaren sitzen sah, wusste er, der dort gehört zu mir. Er erkannte sich selbst an den braunen Haaren und braunen Augen, die so braun leuchteten, dass er es Meter entfernt erkannte. Zögernd und langsam ging er auf ihn zu, der stand auf, reichte ihm die Hand und sagte: „Gut, dass, du gekommen bist, Kevin"

Der aber sah ihn nur fragend, staunend und angstvoll an.

„Setz dich Kevin, du musst nicht verlegen sein, weil du das alles hier nicht verstehst. Ich beschäftige mich schon fast zwei Jahre mit dieser Situation. Ich wollte dich kennen lernen. Du hast doch in meiner Familie zu leben begonnen, im Leib meiner Mutter, direkt unter ihrem Herzen sind wir zum Leben herangereift, du ganz genauso geliebt und umsorgt wie meine Schwestern und ich. Nur ein einziges Mal durften wir drei deinen Herzschlag am Leib unserer Mutter hören. Wir sollten nicht zu sehr mit dir zusammenwachsen, weil wir dich doch abgeben müssten an eine andere Mutter, die keine Kinder bekommen kann. Vater hat immer darauf gesehen, dass es ihr an nichts fehlt. Sie durfte keine schwere Arbeit machen. Dann bist du in der Klinik von Dr. Prof. Holsten geboren. Wir drei haben dich nicht gesehen und nur ein einziges Mal haben die Pflege-Schwestern dich kleines Wesen auf Mutters Brust gelegt. Dann hat Mutter, *unsere Mutter,* dich in die Hände der Schwester gegeben und dir den Segen Gottes gewünscht, für sich selbst hat sie Gott um Vergebung gebeten und mit allem ihren Frieden geschlossen.

Vor vier Jahren habe ich begonnen, den Professor, der ja Freund unserer Familie ist, zu fragen und zu bitten mir deine Adresse zu geben, deinen Namen zu nennen. Endlich hat er, als ich 21 Jahre geworden bin, zugestimmt. Mit der Auflage, dass ich dich nicht bedränge, dich zu uns zu bekennen, das ich keinerlei Anspruch an dich habe, auch meine Familie nicht. Als Micha Jobst das alles erzählt hatte, nahmen sie einander in die Arme, als hätten sie schon ihr ganzes Leben aufeinander gewartet.

Jetzt bestand Kevin darauf, Imke anzurufen um sie herzubitten. Diese war aufs Höchste erstaunt, was ist Kevin - es ist 22.30 Uhr. Ist es so wichtig, ist es etwas Schlimmes?

„Nein, etwas ganz Unglaubliches, aber fahr vorsichtig, übersieh nicht vor lauter Aufregung eine rote Ampel oder so, Wir wollen dich hier ganz wohlbehalten und lebendig sehen und mit dir anstoßen, mit dem besten Sekt, den der Keller hergibt."

Nach kaum 20 Minuten betrat Imke den Caféraum mit zitternden Knien und rotem Kopf. Dann stand sie auch schon vor beiden.

„Imke, ich bin ein kleines Stückchen der Bruder von deinem Kevin und bevor ich morgen schon sehr früh zurückfahren muss, wollte ich nun auch dich noch kennen lernen."

Es war lange nach Mitternacht, als Micha sich verabschiedete. Sie wussten alle drei, dass sie einander nicht wieder verlieren wollten. Es war von Anfang an wie ein geheimes Band zwischen ihnen.

Kevin war sich nur sicher, dass Opa und Oma den Micha mit seiner Familie auch noch voller Liebe an ihr Herz nehmen würden. Was aber würden Petra und Marlies sagen, würden sie Angst haben, ein Stück seiner Liebe zu verlieren.

„Nein, nein," dachte er „sie sollen bleiben, was sie sind - meine Älteren, - meine Älteren, auf die ich nach viel Kampf so stolz bin und die ich liebe, wie man Vater und Mutter nicht mehr lieben kann."

Imke hatte ganz andere Gedanken, den Jungen von zwei Lesben und dann die Fischdosengeschichte. Jetzt noch dieser Micha mit seiner ganzen Familie, wie sollte sie es nur anfangen, sollte sie Werner ins Vertrauen ziehen? Nein, sie musste selbst den Mut aufbringen und vor ihre Eltern hintreten und sich zu ihrem Kevin bekennen, samt seiner ganzen verrückten Geschichte.

Bevor sie sich im Morgengrauen voneinander trennten, verabredeten sie noch, am nächsten Abend ihren Familien alle Geheimnisse zu offenbaren.

Kevin und Imke bekennen Farbe

Kevin und Marlis hatten den Abendbrottisch abgeräumt, während Petra noch eine kleine Berufsarbeit am Computer erledigt hat. Wie immer setzten sie sich auf ihre gemütlichen Plätze, um die Nachrichten zu schauen. Kevin aber nahm die Fernbedienung und sagte: „Können wir die Nachrichten wohl auf später verschieben? Ich würde gerne in Ruhe über Verschiedenes mit Euch reden.

Also, das Schönste und Beste vorne weg: ich habe auf der grünen Woche eine junge Frau kennen gelernt und das wird einmal meine!"

„Das ist doch gerade kaum acht Wochen her. Überstürz nur nichts, auch wenn wir uns darüber freuen und es dir schon lange wünschen, dass du mit einem sympathischen Mädchen nach Hause kommst, aber so plötzlich und so prompt, ohne mal erst zu hören, was wir denn wohl dazu sagen würden."

„Hört mal, ihr zwei Lieben, ich werde im August 23 Jahre, da weiß man doch, was man will und hat auch schon das volle Entscheidungsrecht. Am Sonntag werdet ihr sie kennen lernen. Wenn Imke ihre Eltern auch überzeugen konnte, gehen wir alle zusammen zu Opa, zum Grillen.

So, und jetzt kommt das ganz andere und ich hoffe, dass das gut abgeht.

„Was soll denn jetzt noch kommen"?

„Käme das jetzt nicht noch, hätte ich schon eine Flasche Sekt geköppt, aber ich denke, für das nächste Thema ist es besser, wenn wir alle nüchtern sind.

Also, ich habe meinen Bruder kennengelernt, meinen echten und richtigen Bruder von der gleichen Mutter zum Leben entbunden."

Petra und Marlis schnellten auf. So abrupt, als seien sie bis zu diesem Moment mit einem Gummiband auf ihren Plätzen festgehalten gewesen.

„Nein, nein und dreimal nein. So war es nicht verabredet, wer hat sein Wort gebrochen, der Professor oder die Mutter?" „Leihmutter", warf Petra schnell ein, bevor Kevin noch etwas sagen konnte.

„Wollen sie dich jetzt zurückhaben oder was wollen sie, Geld können sie haben, aber dich kriegen sie nicht!"

„Da bin ich ja schon mal froh, dass ihr mich wenigstens behalten wollt und nun bekommt ihr noch einen ganz lieben Sohn hinzu mit den gleichen braunen Haaren, wie ich sie habe und zwei Töchter mit vier langen Zöpfen. Sie wollen kein Geld von uns, sie wollen auch mich nicht zurück. Lediglich der Micha möchte zu seinen Schwestern auch noch einen Bruder haben. Er will Euch auch nicht bedrängen mit einem schnellen Kennenlernen. Aber kennenlernen möchte er Euch beide natürlich schon. Am Sonntag nach Ostern fahren Imke und ich, beide nach Amsterdam und lernen die ganz Familie kennen!"

„So geht das nicht, Kevin!!! Du kannst nicht gleich alles ohne uns perfekt machen, ohne uns zu fragen."

„Weil es doch auch nichts zu fragen gibt, Petra, Ich habe einen Bruder bekommen, mit einer ganzen Familie, Punktum! So, und seid ihr jetzt bereit, auf diese Neuigkeiten anzustoßen? Nein? Dann trinke ich die ganze Flasche alleine aus!"

„Tu, was du nicht lassen kannst, aber uns brauchst du auf diese Neuigkeiten nicht wieder anzusprechen."

„Wisst Ihr was, bleibt auf euren Sesseln hocken, ich fahre mit der Flasche gleich zu Opa und Oma, die werden gerne darauf mit mir anstoßen."

Sprach´s, nahm die Flasche und knallte die Tür hinter sich zu, ehe die beiden Frauen überhaupt noch etwas sagen konnten."

Oma und Opa freuten sich tatsächlich sofort, Oma kochte Kaffee und schaute oben im Gästezimmer nach, ob auch das Bett in Ordnung ist, denn sie ahnte, dass es bei der einen Flasche Sekt nicht bleiben würde. So kam es auch und der alte Käse aus ihrer Käseküche schmeckte herrlich dazu, Dackel und Doria, wie ging das bloß alles zu. Sorgen um Petra und Marlis hatten sie schon mit dem zweiten Glas heruntergespült. Sie wollten nur noch glücklich sein und das waren sie.

Bei Imke war alles noch viel, viel schwieriger. Ihre Mutter ließ sie nicht einmal ausreden. „Was? Der Enkel von diesem lüttchen Prüttcher, der kann doch ohne Subvention gar nicht bestehen!."

„Vorsicht, Mutter, der kleine Prüttcher bekommt unter Umständen wesentlich weniger Subventionen als wir!."

„Also, Werner, du hältst dich ganz raus aus dieser Sache, du lässt dich ja immer von deiner Schwester um den Finger wickeln."

„Das sicher nicht, aber mit ihrem großen Herzen gewinnt sie mich immer schnell für sich und ihre Pläne."

„Werner hat recht", meldete sich jetzt der Vater zu Wort. „Aber Imke erzähle uns doch erst einmal, was dein Kevin denn selbst macht und wer sind seine Eltern?"

„Also er selbst studiert und ist im Herbst fertig mit der Agrarwissenschaft, aber das mit den Eltern ist eine lange Geschichte. Er hat nämlich keine, er ist ein Fischdosenkind!!!"

„Was!?" Jetzt wurde es selbst dem Bruder zu bunt."

„Also, Imke, verdammt noch mal, Spielchen solltest du jetzt nicht mit uns machen! Keine Eltern, Fischdosenkind, was soll das?"

„Dass es die Wahrheit ist und wenn ihr es ein bisschen eleganter möchtet, dann sagt ein Kind aus der Petrischale, mit einem Samenspender und einer Leihmutter. Er ist aufgewachsen bei zwei Lesben: Petra und Marlis, seine Älteren, von denen er über alles geliebt wird, so wie er sie liebt."

Nun waren ihr Bruder und ihre Eltern so platt, dass sie ohne Unterbrechung alles erzählen konnte. Sie ließ nichts aus.

Es war lange 24.00 Uhr durch und endlich ergriff der Vater das Wort.

„Das ist harter Tobak, was du uns hier servierst, und so schnell können wir nichts dazu sagen. Trotz Petrischale seid ihr aber aus gleichem Holz gemacht zu sein, wie immer es auch zugegangen ist. Ich will deinen Kevin kennen lernen, unvoreingenommen. Zum Glück bist du nicht darauf angewiesen, dir einen Ernährer zu suchen. Aber zum Schleuderpreis wird er dich nicht bekommen",

„Genau! Zum Schleuderpreis kriegt er dich nicht", meldete sich jetzt auch Werner zu Worte.

Die Mutter stellte sich aber total quer: „Daraus wird überhaupt nichts. Sohn von zwei Lesben, nein, noch schlimmer, mit Samenspender und Leihmutter. Wieso hat ihn denn nicht eine von beiden wenigstens selbst zur Welt gebracht?"

„Wenn du mir zugehört hättest, Mutter, dann wüsstest du es. Es ging nicht"

„So, und jetzt mein Kind, hörst du mir mal zu: Also, mit diesem Lesbenjungen, kommst du mir nicht ins Haus und damit du es gleich weißt, die drei Wohnungen in der Stadt, das kann ich rückgängig machen, die sind in der Hauptsache mit meinem Geld bezahlt worden. Ich gehe nicht durch das Dorf und die Menschen zeigen mit dem Finger auf mich, - das ist sie, die mit dem Lesbenschwiegersohn -. Nee, nee mein Kind, das schmink dir ab. Heirate den Apotheker oder den Bauern, aber nicht diesen Lesbenjungen, so was kommt nicht in unsere Familie, ein Fischbüchsenjunge!!"

Imke zitterte am ganzen Leib und die Tränen liefen ihr in Bächen, ach was in Strömen über die Wangen.

„Ach, Wuschel", ließ sich ihr Bruder vernehmen und versuchte sie an sich zu ziehen. Wuschel, hatte er sie lange nicht genannt.

Der Vater aber setzte allem einen Schlusspunkt, indem er die Tür aufmachte und gute Nacht sagte.

Imke stieg oben im Haus in ihr altes Kinderbett, das noch bezogen da stand. Sie schlief immer noch gern in diesem Bett, gut und fest. Heute aber war es ganz anders. Sie war traurig, verzweifelt und wütend. Wie es wohl Kevin mit seinen Älteren ergangen ist. Sie wäre ihnen ja wohl willkommen, was sollten sie auch gegen sie haben. Er wollte das aber mit Micha auch klären. Sie konnte es sich nicht erklären, woher sie dieses unsichere und ungute Gefühl hatte.

Sie war früh aufgestanden, um auf der Treppe oder in der Küche niemandem zu begegnen, und ging ohne Frühstück aus dem Haus. Was machte es ihr immer noch eine Freude, morgens mit allen zu frühstücken und das schöne, frische gekochte Ei. Niemand konnte das so minutiös genau kochen wie ihre Mutter und immer war es ein braunes, von ihrem Huhn, alle anderen weißen Leghornhennen legten auch weiße Eier. Sollte das jetzt alles vorbei sein? Musste sie sich womöglich entscheiden zwischen Kevin und Elternhaus. Nein, nur das nicht, aber wenn, dann würde sie sich für Kevin entscheiden, dennoch tat ihr alleine bei dem Gedanken tief innen schon alles ganz fürchterlich weh.

Nicht mehr nach Hause kommen, oh, das tat weh, unbeschreiblich weh.

Als sie am Morgen aus dem großen Tor trat, sah sie ein Stück zurück auf der anderen Straßenseite Kevin stehen, lief wie gehetzt auf ihn zu, in seine Arme.

„Kevin, Kevin wie gut, dass du da bist, ich musste mich entscheiden zwischen dir und meinem Zuhause."

„Na, da erging es dir ja noch schlimmer als mir. Meine beiden Älteren sind beleidigt, dass ich sie nicht erst um Rat gefragt habe, bevor ich mich mit dir gleich verspreche. Das kriege ich aber schon wieder hin und wird kein wirkliches Problem bleiben. Von Micha wollen sie nichts wissen und haben mir klar und deutlich gesagt, dass ich ihnen mit dieser Geschichte nicht noch einmal mal kommen solle.

Da habe ich mir die Flasche Sekt, die ich mit ihnen trinken wollte, unter den Arm geklemmt und bin damit ab zu Oma und Opa. Die waren vor Freude ganz aus dem Häuschen. Überhaupt, die beiden können sich freuen wie Kinder, sie können aber auch traurig sein wie Kinder. Wenn du mit deiner Arbeit fertig bist und wegkannst, sollen wir gleich zu ihnen kommen. Ja, und der Rudolf ist total überfordert, die Mitglieder seiner Familie zusammenzuzählen. Ach du, dieser Kindskopp ist manchmal zu beneiden. Wie gut, dass es heute so wirksame Medikamente gibt. Wenn Opa und Oma erzählen, wie es ihm in seinen frühen Kinderjahren ergangen ist, verstehe ich, dass Oma mit dem allen nicht fertig geworden ist. Als es dann gegangen wäre, wollte Petra nicht mehr nach Hause zurück. Wie lange werden doch Menschen von solchen Ereignissen berührt, oder kann man sogar sagen gequält?

Wie wir beiden! Doch das alles soll uns nicht auseinanderbringen. Wir gehören zusammen, Imke, hörst du, wir gehören zusammen. Dein Elternhaus darfst du aber meinetwegen nicht verlieren. Imke, ich tue alles, damit du es behalten kannst. Ich will was werden und was leisten, niemand soll sich meinetwegen schämen müssen, am allerwenigsten du!!"

„Ja, Kevin, das weiß und will ich auch, aber das Elternhaus zu verlieren ist schwer!"

„Du wirst es nicht verlieren, ich verspreche es dir!!"

„Ach Kevin, ich muss mich schon heute deinetwegen nicht schämen, auch wenn du noch nichts auf die Schüppe gebracht hast."

Noch nichts auf der Schüppe!

Diesen Ausdruck hatten sie von der *Grünen Woche* mitgebracht und wie so oft brachte er sie auch jetzt in ihrer Not und Traurigkeit zum Lachen.

Am Mittag wurde Imke von ihrem Kevin abgeholt. Die Kinder in ihrer jetzigen Pflegefamilie brachten sie zum Schwimmen und fuhren mit, um sie im Auge zu behalten. Als sie zusammen etwas entfernt vom Beckenrand saßen, um sich ungestört unterhalten zu können, merkte Imke verstohlene Blicke zu ihnen herüber. Viele kannten sie, aber mit einem jungen Mann zusammen war sie von ihnen noch nicht gesehen worden. In der hintersten Ecke ihres Gehirns machte sich aber schon der Gedanke breit, den ihre Mutter so fürchtete. Machte aber davon ihrem Kevin keine Andeutung. Sie freute sich mit ihm auch auf heute Abend. Da sah sie Werner durch den Eingang kommen. „Kevin, das ist mein Bruder, der da hinter der Tür steht. Ich muss zu ihm. Er kommt ja in seinem Aufzug nicht in den Nassbereich."

„Sag mal Imke, können wir mit den Kindern nicht ein Eis essen gehen, um reden zu können?"

„Schon, aber die beiden sind hellwach, die kriegen alles mit."

„Macht nichts, ich unterhalte mich mit euch beiden ganz neutral und lerne dabei deinen Kevin schon mehr kennen."

Die Kinder waren sofort einverstanden, zum Eisseen in eine richtige Konditorei, das passierte nicht so oft.

Kevin war von dem Gedanken auch angetan und als er Werner eröffnete, dass er doch am Abend mit zu seinen Großeltern kommen könnte, war erst mal die Welt in Ordnung und das blieb auch so. Beide Männer mochten sich.

Der Abend bei Opa und Oma war entspannt und herzlich. Werner dachte an seine Mutter und ihre Standardredewendung: Die haben doch noch nicht mal Stil, damit schob sie alle von sich weg, die sie nicht mochte, die weniger Begüterten und auch die noch mehr Begüterten, wenn sie ihr die erwartete Anerkennung verweigerten. Das war eben ihr Stil! Einzige Tochter aus gutem Hause, hochgeliebt bis zur Arroganz. Aber zum Glück konnte sie auch eine noble Großherzigkeit an den Tag legen. Wenn sie zum Beispiel Mengen von Marmelade für Imkes Pflegefamilien kochte. Einmal hatte sie sogar dafür gesorgt, dass sie zwei Kinder aus einer besonders bedürftigen Familie mit in den Urlaub nehmen durften. Im Übrigen ist eins von diesen beiden Kindern, der Junge, zu ihnen auf den Hof in die Lehre gekommen und ist gerade dabei, seinen Abschluss zu machen, das eben ist sie auch, seine Mutter.

Ja, und diese beiden Menschen, an deren Tisch er jetzt am Abend saß, mit seiner Schwester und ihrem Fischdosenjungen, die hatten IHREN Stil. Schwielen an den Händen, eine blitzblanke Stube und genauso blitzblanke Kühe, dazu ihre Lebensmaxime: Das Grundgesetz, die 10 Gebote, die Glocke und die Bergpredigt!! Wenn das kein Stil ist?! Die Reihenfolge mochte eher anders sein.

Kevin und Imke fahren nach Amsterdam

Es war inzwischen Mai geworden und der erste Sonntag in diesem Wonnemonat. Kevin und Imke fuhren auf der Autobahn Amsterdam entgegen. Gespannt und auch nicht ganz ohne Angst, wie alles werden würde bei diesem ersten Besuch in Michas Familie.

Die Tür machte ihnen Frau Jobst auf, Michas Mutter. Imke wurde von ihr ganz außerordentlich herzlich begrüßt, aber als sie Kevin sah, wurde sie kreidebleich und konnte kein Wort sagen. Sie dachte: „Diese Augen, wieso hat er nur diese Augen. Die Augen meines Vaters, der schon verunglückt ist, als sie gerade 14 Jahre alt war." Jetzt stand er fast leibhaftig vor ihr. Das konnte doch aber nicht sein. Wieso nur um alles in der Welt. Ihr Mann Edgar stutze ebenfalls betroffen und verlegen zugleich, dennoch, er fand schnell zur Normalität und sagte tief aus seinem Inneren geschöpft: "Willkommen mein Junge." Imke registrierte das alles mit gelassener Verwunderung und gewiss, dass sich das alles mit der Zeit normalisieren würde. Während des Kaffeetrinkens in ganz gemütlicher Atmosphäre kamen keine heiklen Themen auf. Für viel Spaß und Unterhaltung sorgten die beiden lang bezopften Enkeltöchter, zwei Teenager, die mit ihrem Leben total im Einklang waren. Die eine blond und die andere dunkel, also keine mit braunen Augen.

Der Vater nahm den Kevin ganz für sich ein, erzählte von seinem Beruf im Wald und seiner Liebe zu eben diesem Beruf. Dass Kevin so viel über die Bäume und ihre Eigenschaften wusste, genoss er von Herzen.

Micha interessierte sich für sein Studium und für das Leben überhaupt. Der Wald spielte keine herausragende Rolle für ihn. Umso mehr freute sich nun der Vater, dass dieser Fast-Sohn sich so gut auskannte und sich auch wirklich für den Wald interessierte.

Auf der Bank draußen im Garten erzählte Imke der Mutter Gertje und dem Micha viel von ihrer Arbeit und auch davon, dass sie auf einem Stück Land von ihren Eltern ein Mutter-Vater-Kind Haus bauen wollte. Ihr Bruder sei schon bereit, ihr ein Stück Garten abzutreten, der Vater zwar zögerlich, aber doch auch einverstanden damit. Die Mutter allerdings wollte gar nicht zustimmen, nicht nur deswegen nicht, weil der Garten ihre Domäne war sondern weil sie kritisch dieser alleinerziehenden Mode gegenüber stand. Ist ein Teil der Eltern verstorben oder verunglückt, ist es für die Kinder immer ein schlimmer Verlust und jetzt ging man auseinander, wenn es mal nicht so nach Wunsch lief. Sie hätte ihrem Mann auch manchmal gern den dicken Bullen auf den Pelz gehetzt und seine Klotten aus dem Fenster geschmissen, wenn er ihr immer wieder den Wintergarten verweigerte, weil der Kuhstall um 10 Futterplätze vergrößert werden sollte oder wieder ein neuer Trecker her musste. Einmal stand sowieso alles auf Messers Schneide. Er wollte Acker kaufen von ihrem Geld, das sie von zu Hause bekommen hatte, sie aber wollte drei Wohnungen in der Stadt. Sie war eine Woche zu ihren Eltern gefahren, da hatte ihr der Vater gehörig die Leviten gelesen und sie ist einsichtig und reuig zurück gekehrt, froh, dass ihr Mann sie so bereitwillig zur Versöhnung in die Arme genommen hat. Und der Acker, der war auch noch da. Jetzt sind sie schon über dreißig Jahre verheiratet und das in der Hauptsache glücklich, ja wirklich glücklich!

Michas Mutter sprach sich auch nicht gerade zustimmend für die vielen alleinerziehenden Elternteile aus und bewunderte Imke für ihr Vorhaben, machte ihr aber klar, nicht zu großzügig zu sein und die Eltern eher zum Zusammenfinden zu animieren.

So gingen sie am Abend alle zufrieden auseinander.

Natürlich hatten sie alle miteinander sorgfältig darauf geachtet, nur neutrale Themen anzuschneiden, so hatten sie es sich ja auch vorgenommen.

Als bei Jobst normal der Fernseher eingeschaltet wurde, blieb er heute aus.

„Sag, Mutter, wie kann es sein, dass Kevin und ich uns so ähnlich sehen und nicht nur das, sondern auch die Liebe zur Technik teilen", wollte Micha wissen.

„Das würde ich gerne selbst wissen. Vater rätselt auch daran herum. Das muss unser Professor uns erklären und ich bin gespannt auf die Antwort. Natürlich weiß ich, dass diese braunen Augen aus der Linie meines Vaters stammen, der aber ist schon 1973 verunglückt. Also müssen wir die Antwort vom Professor abwarten und gehen heute Abend doch erst mal ruhig in unsere Betten.

In den Ehebetten drehten sich schon lange nach Mitternacht die beiden Jobst noch immer von einer Seite auf die andere, die braunen Augen raubten ihnen den Schlaf.

„Jan, du schläfst doch auch noch nicht – ich hab's nämlich. Der Professor hat sich Richard und seine Frau als Samenspender ausgesucht, die haben sich doch auf irgendeinem Geburtstag kennen gelernt und viel mit einander gesprochen und wahrscheinlich nicht nur über den Urlaub, den der Professor mit seiner Frau gerade gemacht hatte, den Richard mit seiner Frau sich auch gerne geleistet hätten. So ist das alles zustande gekommen. Bald danach haben sie mit ihrer kleinen Tochter einen Urlaub gemacht, angeblich von ihren Eltern finanziert. Ne du, wir haben den Urlaub finanziert und die beiden haben ihre Zellen gespendet. So wird es sein."

„Du, das glaube tatsächlich ich auch. Ein Glück, das Richard diese auffallend braunen Augen nicht hat. Aber ansonsten ist die Wahl des Professors nicht gar so schlecht. Doch was machen wir nun, müssen wir das nicht den Kindern offenbaren?"

„Das werden wir wohl müssen, aber lass uns erst mit dem Professor sprechen." So blieb diese Erkenntnis erst einmal ein Geheimnis ihrer Nacht. Micha würden sie die nächsten vier Wochen nicht sehen, der ist zurück an die Universität und die Mädchen haben noch nicht gefragt.

Eines Morgens wartete Imkes Vater am Tor der Weide, auf die Opa Thiel die Kühe brachte.

„Nanu, Jansen, was machen Sie denn hier, ein Kälbchen von uns wollen sie ja wohl nicht kaufen"

„Nein, heute nicht, heute bin ich wegen unserer Imke gekommen und ihrem Kevin. Ich kenne Ihren Kevin nicht, aber unser Sohn Werner ist ganz begeistert von ihm und meint, wir könnten ihm unsere Imke ruhig anvertrauen und die Uni lobt ihn auch in den höchsten Tönen."

„Wissen Sie Jansen, ich habe Ihre Imke auch nicht gekannt, aber als Kevin uns gesagt hat, dass er sie liebt, haben meine Frau und ich ihr all unsere Liebe entgegen gebracht. Nicht erst nach Gutachten von Uni und anderen."

„Da mögen Sie wohl recht haben, aber als Imke uns von ihrem Kevin erzählt hat, war das verdammt starker Tobak für uns, Sohn von zwei Lesben. Wir kannten bis dahin das Wort Lesbe gar nicht mal. Wir kannten diesbezüglich das Wort Homo und homosexuell, aber lesbisch, nein, damit kannten wir uns nicht aus, mit den Homos kannten wir uns auch nicht aus, nur das Wort - homosexuell – haben wir doch schon einige Male gehört. In den Lokalnachrichten haben wir mal gesehen, wie Männer in Petticoats getanzt haben und rosa Pelze um ihre Schultern hatten, in hochhackigen Pumps, das haben wir als Nachhall vom Kölner Karneval an-gesehen und wussten nicht recht, ob man sich über so etwas ärgern sollte oder nur lachen. Da kommt nun unsere Imke und serviert uns einen von diesen Verrückten als zukünfti-gen Schwiegersohn. Das konnten wir nicht einfach so schlucken. Inzwischen haben wir uns schlau gelesen und uns herumgestritten mit unserem Werner. Den hätten wir auch bald noch verloren dabei. Jetzt wissen wir viel von dem ganzen Kram und um der Kinderwillen sagen wir ja zu dieser Le-benseinstellung.

„Mag es nun sein wie es will, ob wir nun gleich so einverstanden waren wie Sie oder uns schwerer damit getan haben. Jetzt bin ich hier, um Ihnen die Hand zu reichen und Ihnen zu sagen: Ihr Sohn wird auch unser Sohn und unsere Tochter auch Ihre Tochter." Mögen sie beide glücklich werden und Gottes Hand über ihnen sein"! - Hast ordentliche Kühe und ne gut, gepflegte Koppel, Thiel. Wenn es kommt, wie ich möchte, trinken wir heute Abend bei uns en ordentlichen Roten, sagen Sie es schon mal Ihrer Frau." Als er schon ein paar Schritte gegangen war, kam er zurück, streckte dem Thiel die Hand hin und bat ihn um Verzeihung, der schlug ein und eine gute Männerfreundschaft nahm ihren Anfang.

Ja, es war ein ordentlicher Roter, den Henriette Jansen aus den Früchten und Trauben ihres Gartens gekeltert hatte. Fiel es ihr auch schwer, sich diesem Kreis von Menschen zu öffnen, gingen ihre Augen doch immer wieder hinüber zu dem jungen, schmucken Mann mit diesen unbeschreiblich brauen Augen. Als sie zum Schluss dieses wunderlichen Abends total von ihm eingenommen war, wusste sie selbst nicht zu sagen, ob daran nun diese braunen Augen schuld waren oder auch ein bisschen der ordentliche Rote.

Den größten Siegeskranz dieses Abends trugen Imke und Kevin davon, aber auch Opa und Oma Thiel gingen aufrecht und stolz aus diesem großen Haus mit 280 ha bestem Acker, hinterm Hof. Petra und Marlis kamen mit Staunen und gingen mit Staunen. Ihr Kevin in dieser Familie, das hätten sie sich in ihren kühnsten Träumen nicht einfallen lassen. Auf dem Reiterball saßen sie mit Jansen und Thiels an einem

Tisch, tanzten mit sich oder wie im Traum mit Richard Jansen oder Opa Thiel. Fast hätten sie gesagt, was Kevin immer sagte, wenn etwas sein Fassungsvermögen überforderte „Dackel und Doria, welch ein Tag, das ist ja zum Ausflippen, ganz und gar zum Ausflippen ..."

Die Sohlen brannten, die Socken qualmten und Imke hatte sogar von einem ihrer Hochhackigen den Absatz verloren. Und alle schliefen sie nach diesem Reiterball gut und fest in ihren Betten, versunken in Träumen von einer glücklichen Zukunft.

Hochzeit und vieles mehr

Kevin und Imke tanzten weiter durch den Sommer und waren dabei jünger als je zuvor. Dennoch blieben sie ihrer Lebensauffassung treu und aufs Tiefste einander verbunden. Neben dem Tanzen und was die junge Liebe sonst noch so schön macht, planten sie als Krone des ganzen ihre Hochzeit. Den Erntefestsonntag hatten sie sich ausgeguckt, ja, sogar schon Gästelisten aufgestellt. Mutter Jansen, die selbst in Vorfreude war, bremste aber, was die Gäste anbetraf. „Bei dieser Gästeliste müsst ihr die Scheune um 10 Meter verlängern. Widerspruch gegen die Hochzeit auf dem Jansenhof überhaupt legte Rudolf ein. Die Hochzeit von seinem Kevin sollte auch auf seinem Hof gefeiert werden. So viele Leute müssen ja auch gar nicht kommen, war seine einfache Lösung, wenn Oma zu ihm sagte: Unsere Scheune langt doch für so eine große Feier hinten und vorne nicht!

Im großen Gemüsegarten steckte währenddessen der Architekt zusammen mit Werner und Imke schon den Platz ab, auf dem das Vater-Mutter-Kind-Haus stehen sollte und dazu noch ein Stück von der angrenzenden Wiese als Kinderspielplatz. Ein Schild wurde auch gleich aufgestellt mit der Bezeichnung des Projekts

„V-M-K Haus." Das war natürlich noch kein fester Name, aber so ungefähr sollte das Haus heißen.

Als Imke sich den abgesteckten Platz am Abend noch einmal in Ruhe ansah, gesellten sich schon bald ein paar Frauen aus dem Dorf hinzu.

„Hallo Imke, wollen Sie denn jetzt noch ein Haus bauen, sie haben doch schon ein halbes Dutzend und in der Stadt drei Wohnungen"

„Also, wenn Sie sich schon für unsere Häuser interessieren, möchte ich doch mal richtigstellen, wie es sich damit verhält. Das halbe Dutzend nicht Häuser, sondern Wohnungen stammt aus der Zeit, als in der Landwirtschaft noch alles mit Muskelkraft bewegt werden musste. Es waren also Häuser und Wohnungen für unsere Mitarbeiter und das gelbe Haus ist das Altenteilhaus für meine Eltern. Die drei Stadtwohnungen sind mein Erbteil vom Hof. Können Sie denn nun mit diesen Auskünften über unsere Besitzverhältnisse leben?"

„So genau wollten wir es ja auch gar nicht wissen, aber wieso bauen sie ein Fertighaus, wir haben in unserem Dorf zwei Bauunternehmen, die hätten sich über einen Auftrag gefreut, schwer, wie sie es mit ihren Handwerksbetrieben heutzutage haben."

„Wie kommen Sie darauf, dass ich ein Fertighaus baue?"

„Was heißt V-M-K Haus denn sonst?"

„Das heißt Vater-Mutter-Kind Haus. In diesem Haus sollen sich Väter oder auch Mütter mit ihren Kindern oder auch ohne Kinder, eine Auszeit nehmen können, um herauszufinden, wie sie Ehe und Familie wieder hinkriegen und wo es denn wohl hapert, wenn es nicht mehr klappen will."

„Also, diese alleinerziehenden Frauen werden doch schon von allen Seiten gepampert. Unsere Nachbarin von gegenüber geht nicht arbeiten, hätte also Zeit genug, für ihre

Kinder zu kochen, trotzdem gehen die drei Kinder zur Tafel morgens an der Pausenbrotaktion nehmen sie auch schon teil, weil ihre Mutter nicht aus dem Bett kommt, jedes von ihnen hat ein Smartphon und der Große dazu noch ein Tablet. Das kann mein Sohn seinen drei Kindern nicht bieten. Dabei hat unser Sohn einen ordentlichen Job und geht von morgens bis abends arbeiten."

„Damit sie hier nicht schon wieder etwas falsch verstehen, Frau Unger, ich leiste keine finanzielle Hilfe und erwirtschafte mit diesem Haus auch für mich keinen Gewinn. Die Bewohner zahlen so viel Miete, dass die Kosten ihres Wohnens in diesem Haus gedeckt sind und natürlich auch die Verpflegung. Die Väter oder Mütter sollen lediglich Ruhe und Abstand finden. um ihre Familienprobleme konstruktiv zu lösen, schon wegen der Kinder. Die Auszeit gibt es ja auch nur für ein halbes Jahr bei Teilnahme an einer Familientherapie.

So, jetzt wissen Sie alles ganz genau und ich muss sehen, dass ich schleunigst zu meiner Pflegefamilie komme."

„Ja, dachte Imke, wenn man zur wohlhabenden Gesellschaft gehört, wird man von allen Seiten beäugt und dabei hinterfragt, ob man denn wohl nun noch reicher werden möchte und ob das alles immer mit rechten Dingen zugeht, sie wird sich von dieser Diskussion nicht beeindrucken lassen, auch nicht davon, dass einige meinen, dass ihr Helfersyndrom,- wie es ihre Mutter nennt der Übermut einer reichen verwöhnten Tochter sei. Aber egal, sie wird sich weiter ihrer selbst gewählten Aufgabe stellen, Familien zu pflegen, noch über ihren Beruf hinaus. Der etwa achtjährige Junge, den sie heute am Busparkplatz getroffen hat, ist schon wieder neuer Ansporn. Er wollte zu seiner Oma und wusste nicht einmal genau, wo sie wohnt. „Mein, Papa hat sich neu verliebt und ist zu seiner Freundin nach Dortmund gezogen, den Schülerfahrausweis konnte er mir deswegen auch nicht unterschreiben und gestern wollte mich der Schulbusfahrer schon nicht mitnehmen. Am Montag kann ich dann auch eigentlich nicht zur Schule fahren", erzählte ihr der Junge.

„Also, jetzt nehme ich dich mit und bezahle dir die Fahrkarte, aber wie findest du denn deine Oma, wenn du nicht einmal weißt, wo der Kastanienweg ist." „Meine Oma soll mich abholen, sie hat einen blauen Mantel an und graue Haare."

„Sag mal, wo wohnst du denn aber überhaupt?"

„Bei meiner Mama, die ist aber alle 14 Tage bei ihrem Freund und das ist dieses Wochenende."

Dieser achtjährige Junge erzählte, diese Liebessituation seiner Eltern so, als wäre sie ganz normal. Ist das heute vielleicht tatsächlich schon die Normalität? Wird die Liebe zwischen Mann und Frau schal, wird sich eben nach einem neuen Liebesgeschmack umgesehen, wie im Supermarkt nach einem Joghurt und das Angebot ist groß, auf dem Beziehungsmarkt. Die Kinder bleiben dabei oft genug draußen vor. Nicht immer aber immer öfter.

Imke hätte noch gerne mehr erfahren, aber schon hielt der Bus und sie hat keine Oma gesehen, die einen blauen Mantel anhat. Wüsste sie doch wenigstens seinen Namen und seine

Adresse, dann könnte sie herausfinden, ob eine Oma gekommen ist. An seinem Tornister einen weichen Stoffhund gebunden, wie man es häufig in den Zügen sieht, bei diesen Wochenend-Vater-Mutter-Besuchskindern mit ihrem Teddy im Arm und Augen, in denen die ganze Zerrissenheit unserer Familien liegt. Nein, das Scheiden ist auch heute nicht einfach. Wir machen es uns nur einfach." Wie gut, dass sie sich entschlossen hat, diese Nacht bei Knud (10) und Helga (8) im Hause ihrer momentanen Pflegefamilie zu schlafen. Die Mutter Nachtschicht und der Vater nicht da. Würden doch wenigstens diese Eltern wieder zusammenfinden, zwei so liebenswerte und sensible Kinder. Morgen hat sie mit beiden Elternteilen ein Gespräch, wenn es denn was wird.

Kevin war sehr enttäuscht, als sie ihm offenbarte, dass sie bei seinem heutigen Schlüsselblumen-Clubabend nicht mitkommen könnte.

Es war, wie bei den vorherigen Club-Abenden viel Volk da, wie es hier so heißt. Die Debatte war heftig.

„Du bist doch selbst 'en „Lesber", also reg dich nicht so auf." „Danke, für die neue Wortschöpfung, aber wenn Sie wollen – bin ich so ein „Lesber" und gerade deswegen wehre ich mich dagegen, dass sie es sich so leicht machen mit ihrem Kinderwunsch und dass die Gesellschaft mitmacht."

Es ist wohl so, dass ein Kind mit zwei Müttern sehr glücklich sein kann, auch mit zwei Vätern oder sogar mit drei Eltern-Anteilern. Das Drama dieser Kinder beginnt erst viel später, wenn sie in der Schule gehänselt werden mit ihren wundersamen Eltern. Keinen Vater, keine Geschwister, dafür fünf oder gar noch mehr Elternanteiler. Ich verurteile weder Lesben noch Homos, wie sollte ich auch – selbst die Professoren sind sich doch nicht einig, wie genau das alles solche Ausmaße angenommen hat. Es steht lediglich fest: Geboren werden wir männlich oder weiblich, von wenigen Ausnahmen abgesehen und die verdienen noch eine ganz andere Wertschätzung. Aber was geschieht dann? Werden heutzutage schon die Kleinkinder ihrer sexuellen Identität beraubt, weil sie bereits im Kindergarten erzählt bekommen, dass bei der Geburt nicht fest steht, ob man ein Junge oder ein Mädchen ist, deswegen sollen auch die Mädchen mit Flugzeugen spielen und die Jungen für Puppen kochen, um herauszufinden, ob sie lieber ein Junge oder ein Mädchen sein möchten. Und dann wundern wir uns über so viele Regenbogenfamilien oder wundern wir uns schon nicht mehr. Im Gegenteil, man könnte fast meinen, dass die gleichgeschlechtliche Liebe und Partnerschaft erstrebenswert und cool sind, während so eine spießige heterosexuelle Partnerschaft nur langweilig ist, eben von vorgestern! - Und das eben dürfen wir nicht zulassen. Wie viele Zeitläufe sind schon ins Chaos geraten, weil man den Anfängen nicht gewehrt hat. Wir Deutschen wissen das doch am allerbesten.

Mit diesen Worten schließe ich diesen Abend und bitte Sie, genau zu überlegen, ob Sie nicht nur gleichgeschlechtlich zusammenleben möchten, sondern auch noch Kinder haben wollen, die an ihren Fragen zerbrechen. Seien Sie glücklich in Ihrer selbst gewählten sexuellen Identität. Geben sie in den Diskussionen aber der Natürlichkeit das Wort. Es darf keine Gesellschaft heranwachsen, in der so viele Menschen ohne Wurzeln und ohne Bindungskompetenz aufwachsen oder leben. Tun Sie ihr Bestes für sich und die Zukunft.

„Nun gehen Sie mit Gottes Segen, schlafen gut, - und wenn Sie möchten, sehen wir uns am nächsten Schlüsselblumenabend wieder."

Niemand hat den freundlichen Gruß erwidert oder gar gedankt, die paar Menschen, die pfeifen wollten, sind allerdings auch nicht zum Zuge gekommen.

Hochzeitsnachklang

Die Hochzeit von Kevin und Imke hat an einem wunderschönen Herbsttag stattgefunden. Blauer Himmel, die Sonne sandte ihre schönsten Strahlen auf diese beiden jungen Menschen, samt ihrer ganzen Hochzeitsgesellschaft. Pastor Behrmann, Kevins Konfirmator, hat die Predigt gehalten; Kevins Studienfreunde und Kinder aus Imkes Pflegefamilien haben Spalier gestanden. Als Hit des Ganzen hat Rudolf das Brautpaar mit seinen Ponys durch die Feldmark gefahren und der Brautschleier bewegte sich dazu, vom Winde bewegt, im Dreivierteltakt. Es war ein herrlicher Tag für alle. Und ein überglückliches Brautpaar strahlte mit der Sonne um die Wette.

Dennoch war Marlis an diesem wunderbaren Tag traurig, ohne dass es ihr jemand anmerkte. Kevin hat es geschafft, eine liebenswerte Frau an seiner Seite zu haben und wenn alles kommt, wie es kommen soll, würden seine Kinder eines Tages vor ihr stehen und fragen: „Du bist doch meine Oma und warum bist du nicht Kevins Mutter? Warum gehört zu dir kein Opa, sondern eine Oma?" Würde das je irgendwann aufhören? Die wievielte Generation Kevins wird sich nicht mehr dafür rechtfertigen müssen, dass sie leben und in welcher wird die Fischdose nicht mehr vorkommen. Oder wird es wieder eine Homo-Ehe geben, liegt das vielleicht doch in den Genen und wartet nur darauf, angestoßen zu werden, um durchzubrechen?? „Ach, Kevin, hätte ich dich doch wenigstens in meinem Leibe austragen dürfen, wenigstens das ..."

Das V.M.K-Haus

Das V.M.K-Haus hat sich gefüllt, aber es ist keine leichte Mission, der sich Imke mit ihrem Haus gestellt hat, mal zogen ihre Gäste, Vater oder Mutter mit ihren Kindern schon nach drei Tagen wieder aus. „So`n albernen Kram mache ich doch im Leben nicht mit" war noch der freundlichste Kommentar von den Abbrechern. Eine einzige glückliche Familienzusammenführung hat sie vorzuweisen. Natürlich, bei einigen Familien hat sich das Verhältnis zueinander tatsächlich gebessert. Es werden die neuen Partner mit einbezogen und wenn es sehr gut läuft, entwickeln die Kinder aus zwei Halbfamilien eine Ganzfamilie mit geschwisterlicher Zuneigung und Akzeptanz der neuen Elternkonstellation. Aber es ist und bleibt doch oft ein schwaches Band, das diese zusammen gewürfelten Familien hält. Oft genug müssen über Jahre hinweg diese Patchwork-Familien therapeutisch begleitet werden.

Ein glücklicher Mensch geht zu den Engeln

Die Ernte ist wieder mal eingebracht. Opa und Oma Thiel haben aufregende Jahre verlebt, doch auch einen großen Verlust erlitten, der in ganz erstaunlicher Weise viele betroffen gemacht hat, selbst drei Professoren haben ihm die letzte Ehre erwiesen, Rudolf, dem Kindskopp! Rudolf hatte wie so oft eine Kutschfahrt mit seinen Ponys gemacht und wurde von einem tüchtigen kalten Herbstgewitter erwischt. Statt, dass er erst selbst ins Haus gegangen wäre, trockene Klamotten anzuziehen, hat er draußen die Ponys trocken gerieben. Die schweren Schübe, die ihn in der letzten Zeit doch wieder geplagt hatten, haben seine Gesundheit geschwächt und als sich eine Lungenentzündung eingestellt hat, musste er gehen. Es gibt wohl nicht viele Menschen, die sich so fröhlich aus diesem Leben verabschiedet haben.

„Ich gehe zum lieben Gott und von da aus werde ich meine Hand über euch alle halten, besonders über das Baby von Kevin und Imke. Passt aber auch selbst gut auf euch auf und dass mit meinen beiden Ponys nur liebe Menschen kutschieren. Auf die Schlauen von Kevins Schule, da müsst ihr ein besonderes Auge haben, damit sie unserem Acker nichts antun. Ob die Engel denn wohl Streuselkuchen backen können. Mutter, was meinst du? - Ja, jetzt gehe ich zu den Engeln aus meinem alten Bilderbuch." Nach diesem Abschiedsspruch hat er glücklich lächelnd die Mama und den Papa an sich gezogen, sein Gesicht fiel auf die Seite und Rudolfs Leben war zu Ende. Wie die Bauern früher von ihren Pferden, so wurde Rudolf von seinen Ponys zum Friedhof gezogen. Als der Pfarrer die Predigt beendet hatte, spielten Kevin und Christoph auf ihrer Posaune: „Wir pflügen und wir streuen den Samen auf das Land, doch Wachstum und Gedeihen, das liegt in Gottes Hand ...“

Die ganze Trauergesellschaft stimmte ein und man hätte sich wohl wünschen mögen, Rudolf hätte es hören können – wer weiß...

Viel Neues beginnt

Das Leben geht weiter mit vielen Höhen und genau so vielen Tiefen. Kevin war schon lange Professor an seiner Universität und der Hof seiner Großälteren ein wissenschaftlich geprägter Agrarbetrieb geworden. Der glückliche Käse, von den glücklichen Kühen, wurde von zwei jungen Käsewerkern hergestellt, denn Oma Thiel ist, nach dem das Baby von Kevin und Imke angekommen war, ihrem Sorgenkind, dem Rudolf, in die Ewigkeit gefolgt.

Einer von den Käsewerkern war, wie könnte es anders sein - Homo -! Nicht, als Versuchsobjekt von Kevin, dennoch hatte ihn Kevin auch aus Interesse an seiner persönlichen Entwicklung eingestellt. Er wollte wissen, wie sich ein junger Mensch entwickelt aus dieser Szene, jetzt lebte Günther zusammen mit seinem Vater. Seine Kindheit hat er aber bei seiner Mutter verlebt, die stark lesbisch geprägt war und sich für die Gleichberechtigung der Frauen einsetzte. Günther wollte immer viel von Kevin wissen, ob er mit seinem Freund nur gebastelt hätte oder ob er ihn manchmal auch umarmt hätte oder gar geküsst?

„Nein, Günther das wollte ich nicht, ihn küssen oder umarmen. Ich wollte sein, wie alle Jungs aus meiner Klasse, aber die Mädchen haben mich nicht interessiert, bis ich mit über 20 Jahren Imke kennen gelernt habe. Da wusste ich auch, weshalb mich die Mädchen vorher nicht interessiert haben, es musste mir erst die richtige begegnen."

Es ließ sich nicht leugnen, man merkte Günther an, dass er mit sich selbst nicht einig war. Seine Arbeit machte er gut,

ohne Tadel gut. Warum er aber den Besen in die Ecke ge-
schleudert hat mit den Worten, „Wenn ich es doch verdammt noch mal nur wüsste, wie das mit mir ist und wie es
weiter gehen soll."

Kevin hatte es ungewollt vom Gang aus gehört und verstanden, was er gemeint hat, nur helfen konnte er ihm trotz
ähnlicher Erfahrung nicht. - Was hatte der Mitschüler aus
der Berufsschule zu Günther gesagt: „Dein Vater ist sowieso
nicht dein richtiger, den musst du gar nicht fragen, ob du
heute mit in die Disco darfst und mit deiner Mutter stimmt
auch was nicht, das wissen doch alle und du selbst tickst
doch auch anders, oder?" – Ja, was sollte er Günther zu dieser Eröffnung sagen?

Sollte er zu ihm sagen: Du, mir ist es ganz genau so ergangen, ich kenne das alles und mehr.

Sagte: „Günther, wenn ich kann, helfe ich dir immer, ver-
giss dann, dass du Auszubildender bei uns bist. Wenn du
Hilfe brauchst, bin ich dein Freund und sonst nichts."

Immer wieder wird er mit Erlebnissen und Fragen kon-
frontiert, aus der Homo- und Sexgesellschaft, dazu kommen
die Scheidungsfälle aus Imkes Problemfamilien. Es kommt
ihm oft vor, als wäre die Welt ein einziges Chaos. Auf der
einen Seite Überfluss in allem und am anderen Ende der
Welt fehlt es an allem. Dazu der rasante Fortschritt in Digi-
talisierung, Robotik und Mobilität.

Selbst Leben und Sterben haben wir an uns gerissen und
wissen nicht mehr, wie wir unser Können und Wissen ver-
antworten sollen. Gut ist längst nicht mehr gut und schlecht

ist längst nicht mehr schlecht. Das Kapital ist zum Selbstläufer geworden und beherrscht die Menschheit. Es ist kein bloßer Spruch mehr: „Ohne Geld ist alles Nix." Wahr ist aber auch: „Nur mit Geld ist auch alles nix!"

Es kann doch nicht kommen und erwartet werden, von wem auch immer, von der Gesellschaft oder von der Wirtschaft, dass Frauen ihre Eizellen einfrieren lassen und Männer ihre Spermien, bis es in die eigene Kariere passt oder in den Ablauf der Firma, bei der man seine Brötchen verdient. Nein, so darf und kann es nicht kommen. Es muss zuerst um den Menschen gehen und zwar in Verantwortung vor dem, den wir lieber draußen vorlassen. – Wie aus heiterem Himmel sieht er Rudolf vor sich und hört die Posaunen zu seiner Beisetzung spielen: „Doch Wachstum und Gedeihen liegt nicht in unsrer Hand." – Meinen wir denn aber nicht schon lange, dass auch das Wachstum und Gedeihen in unserer Hand liegt? –

Die Zeit bleibt nicht stehen.

Wie im Fluge geht die Zeit dahin und schleppt all diese Probleme mit sich, lässt keins liegen.

Persönlich geht es Kevin und Imke gut. Kevin hat sich lange einen guten Namen in seinen Forschungsgebieten gemacht und wird oft zu Vorträgen an andere Universitäten gerufen. Imke leitet ihr V-M-K-Haus von langer Hand und arbeitet sehr engagiert an Kevins Forschungsprojekten mit, dazu ist sie natürlich Mutter und Hausfrau. Ihre beiden Sprösslinge, Viktor und Ruth, halten sie voll auf Trapp. Es ist gut, dass Petra und Marlis noch so fit sind und immer wieder helfen können, wenn Papa und Mama mal abwesend sein müssen, was sie natürlich mit allergrößtem Einsatz machen und mit genau so viel Freude. Oma Thiel hat ja nur noch das erste Großkind erlebt und ist dann ihrem Sorgenkind, dem Rudolf, in die Ewigkeit gefolgt. Imkes Eltern holen die beiden Racker manchmal zu sich auf den Hof und dann ist immer richtig was los, denn dort sind noch zwei andere Steppkes, Hans und Werner, die anderen Großkinder.

Seine eigene Fischdose ist Kevin fast abhanden gekommen, aber es vergeht kaum eine Woche, dass nicht Fragen an ihn herangetragen werden, wer ist denn nun der Vater, von den gleichgeschlechtlichen Eltern oder den Müttern, die den Erzeuger ihrer Kinder nicht kennen, biologisch, sozial oder rechtlich? Wie sollen all diese wurzellosen Menschen denn überhaupt zurechtkommen? Der Schlüsselblumen-Club war in seinem Leben schon lange eine feste Größe. Der Alltag in diesen Schlüsselblumen-Beziehungen geht gut, solange kein

Kinderwunsch da ist. Kommen Kinder hinzu, wie auch immer, wird es schwierig und an den Kindern bleiben die Schwierigkeiten haften. Noch schwieriger und traurig zugleich wird es, wenn die Kinder zu fragen beginnen und sie keinen Schlüssel zu ihrer Herkunft finden. Nein, das Alltagsleben ist keine blumige Wiese und auch den Regenbogen können diese Kinder oft genug nicht finden. „Mutti, die Jungs in der Klasse haben gesagt, dass ich eigentlich in ihrer Klasse gar nichts zu suchen hätte, ich sei nämlich nur eine Regenbogenforelle und ich sollte dich doch mal fragen, wo du mich her hast."

„Ja, Mutti, nun sag mir doch mal, was das ist – ich eine Regenbogenforelle?"

Die Mutter sitzt vor mir, ratlos! Inge ist doch erst sieben! Ja, Inge ist erst sieben!

Was soll die Mutter der Siebenjährigen sagen, Wissen - *SIE* – es???

Eine Schülerin ist schwanger

Sie war stolz, die hübsche gerade dreizehnjährige Traudel und erzählte offen, dass sie gestern mit drei Männern geschlafen habe.

„Mit drei Männern?" fragten die Freundinnen zurück „Oder mit drei Jungens, die noch mit ihren Streusselkuchenköppen umherlaufen?"

„Ihr seid doch nur neidisch, weil ihr immer meint, sie wollten alle nur etwas von euch, weil ihr die neuesten Klamotten und Tablets habt

Und jetzt müsst ihr zuschauen, dass ich mehr Chancen habe als ihr.

Ein paar Monate später wussten alle, dass es wohl zumindest heranwachsende Männer gewesen sein müssen, die sich mit Traudel vergnügt haben. Traudel stand bei Imke vor der Tür:

„Frau Imke, bei Ihnen hat doch mal eine Freundin von mir gearbeitet, könnte ich das nicht auch"?

„Gehst du denn nicht mehr zur Schule, du bist doch kaum vierzehn oder warum möchtest du bei mir arbeiten"?

Traudel tritt von einem Fuß auf den anderen und mag mit einer Antwort nicht rausrücken.

„Sag mal, Traudel, war die Ulla Krause etwa deine Freundin und möchtest du aus gleichem Grunde bei mir arbeiten?"

„Ja!" Jetzt war es raus.

„Was sagen denn deine Eltern dazu? Möchten die nicht, dass du zuerst die Schule zu Ende machst? Wo wohnt ihr denn?"

„Meine Eltern wohnen am Postdamm, die brauchen Sie aber gar nicht erst zu fragen. Die haben mir schon erklärt, dass sie mich rausschmeißen würden, wenn ich wie Ulla mit einem Kind nach Hause käme. Da bin ich gestern in eine WG gezogen und dafür brauche ich Geld."

„Nun mal erst Stopp, ohne deine Eltern mache ich gar nichts! Das darf ich auch gar nicht. Was sagt denn der werdende Vater oder weiß er gar nichts von seinem Glück?"

„Kann gar nichts wissen, ich weiß doch selbst gar nicht, wer es war, alle wollten sie immer mit mir und manche haben mir auch was gegeben, weil ich so gut bin. Einer wollte mich sogar in sein Institut haben und hat gesagt, dass ich bei ihm viel Geld verdienen würde, von dem habe ich sogar die Handynummer."

„Also, ich sage nicht: Mach dir keine Sorgen, die hast du ja bereits und deine Eltern auch. Ich lade noch für heute Abend deine Eltern zu mir ein und dann suchen und finden wir einen Weg. Aber mal vorne vor weg: Möchtest du denn das Kind haben?"

„Ich stelle es mir schön vor, etwas ganz alleine für mich zum Knuddeln zu haben."

„Du weißt schon, dass es mit dem Knuddeln nicht getan ist, das Baby braucht eine lange Zeit hindurch deine ganze Aufmerksamkeit, da ist es erst einmal aus mit den Diskobesuchen. Aber wie auch immer, erst besprechen wir alles mit deinen Eltern und wenn du Glück hast, darfst du dein Kind haben, behalten und auch mit ihm knuddeln. Vielleicht stehen auch deine Eltern mal des Nachts für dich auf, damit du für die Mathearbeit am nächsten Morgen ausgeschlafen bist. Also nimm dir für heute Abend nichts vor!"

Traudels Eltern sind gekommen, unlustig und widerwillig, aber nun waren sie da und wollten nicht glauben, was sie erfuhren. Na gut, dass ihre Tochter nicht auf dem Gymnasium war – damit hatten sie sich schließlich abgefunden. Aber das jetzt, das schlug dem Fass den Boden aus und sie wusste nicht einmal, von wem sie schwanger war. Mit wie vielen hatte sie es denn ausprobiert, um zu zeigen, wie begehrt sie ist?

Auf die Frage, ob es ihr denn wenigstens Spaß gemacht hätte, wusste sie keine richtige Antwort zu geben. Aber ein richtiger Mann, der hätte zu ihr gesagt: „Mensch, du hast es vielleicht drauf und ihr einen Fünfziger geschenkt." Als sie erstaunt gewesen war, hätte er zu ihr gesagt: „Das wollen die auf der Straße auch von mir und die sind nicht halb so gut wie du." Da hätte sie gedacht, dass es vielleicht tatsächlich richtig wäre, wenn sie zu dem ginge, der sie für diese Sache haben wollte und auch gut zahlen würde.

Die Eltern waren schockiert und als sie mit Schuldzuweisungen begannen, hat Imke das Gespräch an sich gezogen und mit ihnen nach einer Lösung gesucht, aber keine gefunden. Für einen Schwangerschaftsabbruch wäre es höchste Zeit, wenn es denn überhaupt noch ginge, aber wollten sie das denn wirklich?

Imke ist wenigstens soweit gekommen, dass Eltern und Tochter am nächsten Tag erst einmal zum Frauenarzt und einer Beratungsstelle gegangen sind. Traudel konnte vorerst bei Imkes Eltern schlafen, damit sich die Wogen glätten. Von hier aus musste sie zur Schule gehen. Da kam sie in Übereinstimmung ihrer Eltern und von Imkes Beratung nicht herum. Darüber hinaus musste auch rechtlich etwas unternommen werden, sie war ja noch ein Kind, minderjährig! Wenn es wirklich Männer waren, die sie zu sexuellen Machenschaften genötigt oder wie auch immer gebraucht hatten, hätte das ein gerichtliches Nachspiel.

Ganz Unerwartetes

Kevin saß, wie er es gern mochte, draußen unter der Pergola mit einigen Soziologie-Studenten zusammen und es ging heiß her. Nein, so kopfstehend, wie er, fanden die anderen die Welt nicht. Verrückt war schon vieles, außer Frage. Aber es lebte sich doch offensichtlich gut in dieser Verrücktheit. Fünf von ihnen waren männlich und hatten nichts anderes zu sein oder zu werden vor. Klara, das einzige Mädchen in dieser Runde, fanden sie voll cool, aber sie war schon lange fest vergeben, an einen vom Kapital. Aber was soll's, sie würde ihn schon zurechtzupfen, darin waren sie sich alle einig.

Nur Klara fragte „Was meint ihr denn, was ich an ihm zurechtzupfen müsste oder meint ihr mit dem Zurechtzupfen eher abzupfen, einige Tausender vom Konto seiner Eltern, um sie hier auf der Uni zu verteilen?" Einer der Studenten entgegnete: „Nein, nicht so direkt, aber im Geld schwimmt der doch schon", worauf Klara returnierte: „Nein, damit ihr es wisst: Er schwimmt nicht im Geld und seine Eltern baden nicht im Geld. Im Gegenteil: Die Eltern stehen einem Unternehmen vor, in dem fünfzehn Familienväter arbeiten, dazu noch einige Frauen und Singles. Natürlich geht es ihnen wirtschaftlich gut, sie müssen nicht überlegen, ob sie sich Bio leisten können oder bei Aldi kaufen müssen. Als ich ihnen aber zu Weihnachten zwei Karten für die Oper schenken wollte, hat Fred mich gerade noch früh genug aufgeklärt. - Nämlich, dass seine Eltern zu dieser Musik gar keinen Zugang hätten. „Wieso das denn nicht?" habe ich Fred gefragt und er antwortete mir: „Weißt du, mein Großvater war der erste Facharbeiter in der Familie und hat erst mit fast fünfzig Jahren seinen Meister gemacht, weil er sich ohne den nicht selbstständig machen konnte, für Theater und Ähnliches blieb da weder Zeit noch Geld." Seht ihr, das erzählt euren Soziologen mal, dass es noch eine ganz andere Armut gibt als die in der Geldbörse: Armut an Zeit und Kultur!" steigerte sich Klara in Rage um sogleich fortzufahren: „Als die Mitarbeiter von Freds Vater schon nach Korfu gefahren sind, haben sie selbst noch immer Urlaub bei Freds Großmutter gemacht. Die hatte ein kleines Gästehaus an der Nordsee und diesen Urlaub konnten sie sich leisten, den Korfu-Urlaub nicht. So, und nun, wo sie es geschafft haben, mit Verzicht und Fleiß etwas aufzubauen, da wollen ihnen die Nonprofit-Jünger am liebsten das Fell über die Ohren ziehen, wobei sie vergessen, wie vielen Menschen Freds Eltern Arbeit und Brot gewährt haben, auf ihrem Weg dahin, wo sie jetzt sind."

„Na ja, entschuldige, solche Reichen gibt es wohl auch ein paar, aber die meisten, die ganz großen?"

„Die mussten wahrscheinlich irgendwann auch mal mit dem ersten Schritt beginnen. Natürlich gibt es auch andere. Weder die Reichen noch die Armen sind Edelsubjekte und die dazwischen auch nicht. Betrug ist Betrug. Nur wenn es ein Armer macht, geht es höchstens mal um einen Tausender oder weniger durch ein bisschen Versicherungs- oder Sozialbetrug. Wenn ein Reicher Sozialbetrug begeht durch Steuerhinterziehung oder so, sind es gleich immer Millionen, weil sie eben nur mit Millionen umgehen! Aber Betrug ist Betrug!"

In Berlin auf der *Grünen Woche* wurde Kevin angemotzt, weil er noch nichts auf die Schüppe gebracht hat und jetzt, kaum ein paar Jahre später, gehört er schon zu denen, die sich für ihre Erfolge rechtfertigen müssen."

Michas Brief.

Ja, nun war mal wieder eine Nachricht von Micha da, diesmal eine Einladung: Seine Familie wollte ein großes Familientreffen veranstalten und da möchte er Kevin und Imke auch dabei haben.

Die beiden hatten aber den Kopf voll und gar keine rechte Lust. Imke war in Gedanken mit Traudel und ihrem bald zu erwartenden Kind beschäftigt, denn die hatte noch immer nicht glaubhaft erzählt, mit wie vielen sie Sex hatte und ob es nicht womöglich nur die zwei Männer gewesen sind, der eine, der ihr den Fünfziger gegeben hat und der Zuhälter. Von dem Zuhälter hat sie die Telefonnummer zerrissen und vernichtet. Darüber hinaus wirkt sie so verstört, dass man sie gar nicht weiter mit Fragen bedrängen mag. Ihre Eltern haben auch noch nicht zu ihr zurückgefunden. Immer und immer wieder fragt Imke sich, was nur aus dem Intimsten und Tiefsten einer Zweierbeziehung geworden ist. Was hatte neulich im Fernsehen eine sehr prominente Schauspielerin gesagt, als wichtigsten Neujahrswunsch zu den Kollegen: „Dass sie alle guten Sex haben mögen, das ganze Neue Jahr hindurch", und das als Aussage im öffentlichen Fernsehen. Es ist nicht zu fassen. Selbst auf dem großen Jugendtreffen mit dem Papst sind Kondome verteilt worden. Immer und immer wieder sagt Imke es den jungen Mädchen: „Verschachert euch nicht, sondern verschenkt euch an einen, der euch wert ist und nicht an jedermann."

Kevin möchte nun doch nicht mit dem Auto, sondern mit dem Zug nach Amsterdam fahren, um sich zu sammeln. Es ist ihm wichtig seine Imke dabei zu haben. Damit sie alle Fragen und Probleme gemeinsam aufnehmen können. Der Empfang in Amsterdam ist stürmisch – Der Vater freut sich auf einen langen Waldspaziergang mit Kevin und die Mutter ist mit dem Kaffeetisch beschäftigt. Micha ist unterwegs, um weitere Gäste abzuholen.

Als die Gäste aussteigen, werden auch diese mit großem „Hallo" begrüßt und als ein Herr mit „Professor Holsten" vorgestellt wird, beginnt es in Kevins Kopf zu arbeiten. Die ältere Dame, Großtante von Micha, mit ihrem Mann, nimmt er kaum wahr. Als ihm dann aber der Onkel entgegentritt, glaubt er, in seine eigenen Augen zu schauen, zuckt zusammen, taumelt und fällt Imke in die Arme und sie sah warum. „Doch, was war das, wie konnte das sein?" fragte sich Imke. Jetzt übernahm der Professor die Situation und bat alle vier in die kleine Laube. „Ja, Herr Thiel-Möller, wir wollen nicht lange drum herumreden: Der Mann mit ihren Augen ist sozusagen ihr biologischer Vater und seine Frau hat eine Eizelle gespendet."

Es war ganz ungeheuerlich, was sich hier in der kleinen Laube gerade vollzog.

„Diese verdammte Fischdose", dachte Kevin. Das ganze Leben ist er in ihr gefangen und jetzt, da er vor seinem Vater, nein, vor seinem Samenspender und vor der Eizellenspenderin steht, macht ihn das nicht glücklich, obwohl er sich gerade das immer gewünscht hat. Seinen richtigen Vater kennenzulernen. Doch es war ja nur der Spermienlieferant.

Samenspende, Eizelle, Fischdose und daraus er!

Anfang seines Menschwerdens. Was sollte er denn nun mit Petra und Marlis machen?

„Egal, Imke, komm mit, ich muss nach Hause, ich kann mich jetzt nicht an die Kaffeetafel setzen, mit lauter fremden Menschen."

Wie?? Fremde Menschen. Es waren seine Lebensspender, von wegen „fremde Menschen."

Micha hat beide zum Bahnhof gebracht und Imke hat den Opa angerufen und ihm erzählt, dass sie in zwei Stunden bei ihm sein würden. Ihre Eltern und ihren Bruder hat sie auch noch angerufen und mit ihnen ein Gespräch verabredet.

Petra und Marlis haben sie nicht angerufen.

Imkes Eltern und ihr Bruder wie auch Opa Thiel waren froh, dass sich die genetische Herkunft Kevins aufgeklärt hat aber am meisten natürlich Kevin selbst.

Petra und Marlis von diesem Ereignis zu berichten, hat Kevin viel Herzblut gekostet. Trotz aller Zärtlichkeit und Liebe, die er in seinen Bericht gelegt hat, hat es beiden den Boden unter den Füßen weggerissen und sie mussten lange therapeutisch betreut werden. Es ist ihnen versprochen worden, dass alles anonym bleibt und nun das. War Kevin denn nun überhaupt noch ihr Kind, ihr Junge? Mit wie vielen sollten sie denn ihre Liebe von und zu ihm noch teilen? Er war doch ihr Junge, sie sind des Nachts für ihn aufgestanden und in ihrer Fürsorge hat er die ersten Schritte ins Leben gewagt. Die anderen an seinem Dasein Beteiligten haben sie doch lange und hoch ausgezahlt, abgefunden!!! Was wollen sie denn noch???

Bei Kevin hat sich langsam ein befreiendes Gefühl einge-stellt, seine Wurzeln zu kennen!

Dieses Wissen verlieh ihm Sicherheit, sich dem Leben zu stellen, zusammen mit Imke.

Ja, es war wohl eine Befreiung für Kevin, seine Wurzeln zu kennen. Dennoch, es blieb ein Vakuum in ihm, das er nicht zu füllen vermochte.

Menschen, die zu ihm gehören,

fanden sich immer mehr,

nur ein wirklicher Vater,

eine wirkliche Mutter

waren nicht dabei.

Kein Vater, keine Mutter.

Hildegard Kiunke

Nachwort

Es ist kein wissenschaftliches Buch, das Sie in den Händen halten und gelesen haben. Ein wissenschaftliches Buch wollte ich nicht schreiben und könnte ich auch gar nicht, es ist sozusagen ein handgemachtes Werk, aber mit einem starken Anliegen. Ich wollte zu diesem wichtigen und schon fast brisanten Thema ein Buch schreiben, das leicht lesbar ist und von Jedermann/Frau verstanden wird.

Es ist schön, in einem Land zu leben oder gar in einer Welt, in der es vielfältig und tolerant zugeht, in der Freiheit ein hohes Gut ist, gelebt in der Verantwortung vor dem Allerhöchsten.

So gelebt, wird Freiheit und Toleranz auch nicht zur Beliebigkeit, wie zum Beispiel im Genderwahn. So lange gleichgeschlechtliche Beziehungen Lebensgemeinschaften bleiben, ist das akzeptabel. Sie sollten in Würde leben dürfen und wenn sie es denn möchten, sollten die christlichen Kirchen ihnen den Segen nicht verweigern. Es hat niemand das Recht einem anderen den Segen Gottes zu verweigern.

Dennoch, eine Ehe nach christlich-abendländischem Verständnis kann diese Beziehung nicht sein.

Wenn diese Lebensgemeinschaften Kinder haben möchten, ist es noch eine ganz andere Frage. Bringt eine Partnerin oder ein Partner sein Kind mit in die Beziehung, sollte hier für den anderen Partner ein Adoptionsrecht bestehen, das würde dem Kindeswohl dienen. Ein Adoptionsrecht auf ein fremdes Kind sollte es allerdings nicht geben. Eine künstliche Befruchtung mittels einer Samenspende schon gar nicht, mittels einer Leihmutter natürlich auch nicht.

Wenn es dem Kevin so gut geht trotz aller Schwierigkeiten, liegt es daran, dass er von sehr liebevollen Menschen umgeben war. Dennoch hat er an seinem Fischdosendilemma lange gelitten und es nie wirklich abgeschüttelt. Es darf nicht kommen, dass eine so wurzellose und verwandtenlose Gesellschaft heranwächst.

Die heranwachsende Generation wird viel zu bewältigen haben, nicht nur den demografischen Wandel, sondern Umweltrisiken und globale Wirtschaftsprobleme. Die Politik wird ebenfalls große Kraftanstrengungen benötigen. Um das alles zu bewältigen, braucht die Gesellschaft starke Wurzeln und Familien, für die Treue und Liebe die stärksten Währungen sind.

Zeitfracht Medien GmbH
Ferdinand-Jühlke-Straße 7
99095 Erfurt, Deutschland
produktsicherheit@kolibri360.de